書下ろし

毒蜜 牙の領分

南 英男

祥伝社文庫

目次

本書の主な登場人物

多門 剛……37歳。裏社会専門の始末屋。身長198cm体重91kgの巨漢。綽名は〝熊〟。

杉浦将太……45歳。法律事務所調査員。元新宿署生活安全課刑事。

チコ……26歳。元暴走族のニューハーフ。新宿のクラブ『孔雀』ナンバーワン。

箱崎満広……32歳。関東義誠会田上組。多門のやくざ時代の舎弟。

留美ママ……60歳過ぎ。渋谷百軒店のカウンターバー『紫乃』経営。元新劇女優。

滝沢修司……53歳。『リスタート・コーポレーション』と『雑草塾』で更生者を支援。

芝山善行……91歳。伝説の元相場師で資産家。滝沢への出資者。

瀬戸奈穂……34歳。『リスタート・コーポレーション』社長秘書兼『雑草塾』チーフ。

岩渕 勇……43歳。『リスタート・コーポレーション』専務。元業界紙記者。

間宮 勉……20代後半。『リスタート・コーポレーション』社員。元誠忠会準構成員。

田所 淳……55歳。滝沢の幼馴染み。元法務省事務次官。

進藤正人……30代後半。誠忠会組員。組に隠れた稼ぎをしている。

笹塚リカ……21、22歳。歌舞伎町のキャバクラ『ヴィーナス』ナンバーワン。

石橋 翼……42歳。元暴走族で、半グレ集団『無敵同盟』リーダー。

宍戸卓弥……54歳。ITジャーナリスト。元警視庁サイバー犯罪対策課員。

長友宗輔……43歳。かつての善玉ハッカーで元東西大学准教授。

プロローグ

一瞬、我が目を疑った。

五人の男が白昼、乱闘中だった。六本木の芋洗坂近くの裏通りである。三月中旬のある日の午後二時半過ぎだ。

滝沢修司は灰色のプリウスを路肩に寄せ、目を凝らした。

五十三歳だが、視力は衰えていない。両眼とも一・二だ。

素手による殴り合いではなかった。

ゴルフクラブを振り回している二人は、一目で暴力団関係者とわかる。ゴルフクラブはウッドではなく、アイアンだった。

片方はスキンヘッドで、上背がある。もうひとりは丸刈りだ。両眉を剃り落としている。体格がいい。肩と胸板は分厚かった。どちらも四十歳前後だろうか。

金属バットで応戦している三人組は、半グレっぽい。どこか荒んだ印象を与える。揃って眼光が鋭かった。二人組より三人は少し若く、三十代後半に見えた。

滝沢はクラクションを長く鳴らした。

だが、男たちはまったく意に介さなかった。誰ひとりとして、振り向かない。喧嘩に集中していた。滝沢はパワーウインドーのシールドを下げた。

二人組の片割れが三人組のひとりに金属バットで右肩を撲たれた。男は呻きながら、屈み込んだ。アイアンクラブが手から落ちる。

すかさず半グレらしき三人が、代わる代わる丸刈りの男の腕や脇腹を金属バットで打ち据えた。そのたびに、被害者は唸り声を発した。

突然、パトカーのサイレンが聞こえた。

すぐに別のサイレンが響いてくる。誰かが一一〇番通報したにちがいない。入り乱れて闘っていた五人は目顔で促し合って、散り散りに逃げた。逃げ足は驚くほど速かった。

全員、武器は持ち去った。指紋や掌紋から身許が割れることを恐れたのだろう。

滝沢はプリウスを脇道に入れ、事件現場から遠ざかりはじめた。警察とは、できるだけ関わりたくなかった。

滝沢は、いわゆる前科者だった。

といっても、やくざではない。経済事犯で起訴され、府中刑務所で四年半ほど服役したのだ。収監されたのは、およそ七年前だった。

滝沢は世田谷区用賀で生まれ育った。

亡父は公認会計士だった。二つ違いの兄は文武両道で、超難関国立大学を卒業して大手商社に就職した。実弟が詐欺(さぎ)罪で刑に服すまでは、順調に出世していた。

しかし、滝沢が犯罪に手を染めたことで兄の人生は暗転した。大手商社に居づらくなって辞表を書き、その後は職を転々としている。

兄夫婦と同居している老(お)いた母も肩身の狭(せま)い思いをしているにちがいない。滝沢は服役して間もなく、親族から縁切りを言い渡された。自業自得だろう。母や兄を恨(うら)む気にはなれなかった。

滝沢は子供のころから何かと兄と比較され、さんざんコンプレックスを味わわされた。スポーツは嫌いではなかったが、学業は苦手だった。小学校から大学まで成績はよくなかった。

そのくせ、滝沢は負けず嫌いだった。どうしても何かで兄を凌(しの)ぎたかった。高額所得者になれば、周囲の人々に一目(いちもく)置かれる存在になれるのではないか。それは単なる思い込みかもしれない。

滝沢はそう思いつつも、子供じみた妄執(もうしゅう)に取り憑(つ)かれてしまった。中堅私大の経営学部を卒業すると、迷うことなく投資ファンド会社に入った。金持ちになる近道だと思えたからだ。

経営コンサルタントとして独立したのは、それから十年後だった。滝沢は小さなオフィスを構え、主に中小企業に安定経営の秘策を伝授し、サラリーマン時代の三倍の年収を得られるようになった。

だが、巨額の富は得られそうもなかった。焦りだけがいたずらに募る日々がつづいた。

やがて、滝沢は肚を括った。

正業の仕事をこなしながら、計画倒産屋として暗躍しはじめた。ペーパーカンパニーを設立すると、電化製品、デジタル機器、貴金属などを大量に注文した。それらの商品を転売してから会社を潰す。要するに、商品取り込み詐欺だ。短期間で大金が懐に入った。

味をしめた滝沢は、新たな会社を立ち上げた。ダミーの代表取締役社長に健康食品販売のフランチャイズ代理店の加入希望者を募集させた。システムの見せ方がよかったのか、加盟代理店は半年足らずで約五百社にのぼった。

代理店はフランチャイズ運営本部会社に権利金六百万円、加盟料三百万円、ノウハウ指導料百万円を納めなければならない。

滝沢はおよそ五十億円を吸い上げてから、運営本部会社を倒産させ、ダミーの社長に自己破産させた。裏で汚れ役を引き受けてくれたダミーの社長には何回かに分けて、五億円を渡した。自分の取り分は四十五億円だった。

滝沢は詐欺で得た金で、都心にある中古貸ビルと賃貸マンションを一棟ずつ購入した。

どちらも他人名義で手に入れた。入居者との賃貸契約は引き継いだ。ダミーの家主たちに課せられる税金や建物の修繕費などは滝沢が負担し、偽装家主らには毎月、百万円ずつ名義借用料を払いつづけた。それでも、家賃収入で余裕のある生活が送れた。

しかし、悪運は尽きることになる。フランチャイズ代理店の運営本部会社のダミー社長が罪の重さに耐えられなくなって、妻子を道連れに無理心中を遂げてしまったのだ。

その翌月、滝沢の最愛の妻麻衣が急性心不全で亡くなる。享年四十三だった。夫婦は子宝に恵まれなかった。伴侶が大きな支えになっていた。ダブルショックで打ちひしがれた滝沢は罪悪感に苦しめられた。

二人のダミー家主とその親族に頭を下げ、貸ビルと賃貸マンションを手放してもらった。そして、弁護士にフランチャイズ加盟店オーナーたちに不動産売却金を弁済に当てるよう頼んだ。それでも、まだ債務が残っている。その分は少しずつでも被害者に返済中だった。

滝沢は警察に出頭し、詐欺罪を全面的に認めた。すぐに起訴され、実刑判決が下された。

滝沢が騙し取った金をあらかた被害者たちに返したことはマスコミで報じられた。美談扱いに近かった。滝沢は困惑した。

服役中、旧知の老資産家から滝沢の許に分厚い手紙が届いた。数百億円を有する資産家は、数々の伝説に彩られた元相場師だった。投資ファンド会社に勤めていたころにある財界人のパーティー会場で知り合ってから、滝沢は何かと目をかけてもらっていた。

元相場師は芝山善行という名で、九十一歳だ。五十代のころに相性が悪かった妻と離婚してからは、ずっと独り暮らしをしている。

芝山の手紙には、本気で心を入れ替える気があるなら、再起のチャンスを与えたいと記されていた。滝沢はありがたく感じ、とても心強かった。手紙の遣り取りは出所の少し前まで続行された。

滝沢は出所すると、真っ先に芝山邸に挨拶に出向いた。伝説の元相場師は〝出所祝い〟と言い、預金小切手を差し出した。額面は三億円だった。

滝沢は感謝しつつ、無担保で三億円を借り受けた。芝山は出世払いでいいと繰り返したが、必ず返済すると誓った。

滝沢は借りた金を元手にして、『リスタート・コーポレーション』という会社を興した。主たる業務はコンテナ型店舗飲食業、便利屋、遺品整理だ。

社屋は港区三田にある。敷地四百坪の元貸倉庫を安く借り、敷地内にプレハブ造りの社屋を建てた。事業が軌道に乗った一年前から、滝沢はボランティア活動にも携わっている。

犯歴のある男女の再起の手助けをすることが罪滅しになると考え、『雑草塾』という犯罪者更生プロジェクトを発足させたのだ。賛同する個人や企業の寄付金だけでは運営費を賄えない月が多い。当然ながら、滝沢が個人的に補填していた。

『雑草塾』の事務局は社屋の一隅にある。チーフスタッフは瀬戸奈穂という名で、三十四歳の美人だ。社長秘書も兼ねていた。といっても、固定給は十数万円と安い。

奈穂はホームページ作成請け負いとヨガのインストラクターで生計を立てながら、ボランティア活動に励んでいる。ほかの三人のスタッフは年金生活者だが、そこそこの資産はあるようだ。

『リスタート・コーポレーション』の従業員は二十六名である。いずれも犯罪歴があって、仕事になかなか就けなかった者ばかりだ。

滝沢は親身になって従業員たちを支援しているが、相手に裏切られたことは一度や二度ではない。

性善説を信じてきた自分の甘さを痛感させられ、心が折れそうにもなった。それでも滝沢は気を取り直して、再起したいともがいている従業員を根気強く後押ししている。

プリウスは裏通りを走り抜け、六本木通りに出た。滝沢はパワーウインドーのシールドを上げ、先を急いだ。

前夜、会社に一本の密告電話がかかってきた。渋谷駅前でウクライナ避難民義援金を集めている若者たちは募金詐欺の片棒を担がされているという。

密告は、公衆電話からの発信だった。相手は男だったが、その声はくぐもっていた。ボイス・チェンジャーを使っていたのか。声から、年齢を推察することはできなかった。ただのいたずら電話だったのかもしれない。滝沢はそう思いつつも、密告の真偽を確かめたくなったのだ。

やがて、目的地の渋谷に着いた。

滝沢はプリウスを裏道に駐め、渋谷駅前広場に向かった。広場の端に募金箱を抱えた三人の若い男が横一列に並んでいる。

幟には、ウクライナ支援を呼びかける文字が染め抜かれていた。三人は大学生か、専門学校生だろうか。世間擦れした感じではない。

滝沢は彼らから数十メートル離れた場所にたたずみ、人待ち顔を作った。そうしながら、三人の動きを探る。

若者たちは交互にカンパを呼びかけつづけた。

ロシアに一方的に領土を侵略されたウクライナに同情する人々は少なくない。三つの募金箱に次々と寄付金が投げ込まれる。硬貨ばかりではなく、千円札や五千円札が多かった。一万円札を入れた高齢女性も目に留まった。

募金集めは夕方まで行われた。

三人の若者は幟と募金箱を抱え、駅前から裏道に移動した。プリウスを路上駐車した通りだ。三人は茶色いワンボックスカーに乗り込み、宮益坂を上りはじめた。

滝沢はプリウスに戻り、すぐにワンボックスカーを尾けた。ワンボックスカーは青山通りを進み、西麻布三丁目にあるウクライナ大使館の前で停止した。

若者たちはおのおの募金箱を抱えて車を降り、大使館前で動画を撮り合った。寄付金を大使館員に渡す素振りは見せなかった。

義援金は口座振り込みもできる。そう考えると、怪しさが増す。密告は偽情報ではなかったのか。まだ断定はできない。

三人はワンボックスカーに戻って、来た道を逆にたどりはじめた。滝沢はワンボックスカーを追尾した。

ワンボックスカーは渋谷駅前を走り抜け、道玄坂の中ほどにある雑居ビルに横づけされた。三人は各自が募金箱を持って、車の外に出た。そのまま雑居ビルの地階に通じる階段を下っていく。

滝沢は急いで三人の若者を追った。

雑居ビルの地下一階は、レンタルルームになっていた。左側に通路があって、右側に六つの会議室が並んでいる。

三人は階段の昇降口の近くにある会議室に入った。そのレンタルルームに近づく。数分後、やくざっぽい男が勢いよく階段を下ってきた。三十七、八歳だろう。凶暴な面構えだ。

男は、三人の若者がいるレンタルルームの中に消えた。ドアが閉められる。

滝沢はレンタルルームに忍び寄り、ドアに耳を押し当てた。若者たちが寄付金を数えているようだ。

「きょうは万札が何枚も入ってるな」

男が野太い声で言った。組員風の男だろう。若者たちが追従笑いをする。

「おめえら、真面目そうな面してるが、悪党だよな。ウクライナ人に同情してる連中がカンパした銭をそっくりいただいてんだからよ」

「そうしろと言ったのは、あなたじゃないですかっ」

若者のひとりが言い返した。

「そうなんだがな。おめえら三人には、日当一万五千円のバイト代を払ってる。募金詐欺の共犯だってことを忘れるなよ」

「わ、わかってます」

「日当を受け取ったら、先に帰ってくれ。おめえらと一緒にいるところを他人に見られると、何かとまずいからな。きょうもご苦労さんだった！　ありがとよ」

男が言って、三人の若者にアルバイト代を渡す気配が伝わってきた。

じきに若い男たちはレンタルルームから姿を見せるだろう。滝沢は通路の最も奥まで歩き、素早く物陰に隠れた。待つほどもなく、募金箱を持った三人の若者がレンタルルームから現われた。

滝沢は若者たちが去ったことを見届けてから、通路を逆戻りした。レンタルルームのドアを無断で開ける。

暴力団関係者と思われる男が目を尖らせ、反射的に椅子から立ち上がった。滝沢は身構えた。

「おい、部屋を間違えてねえかっ」

「さっきの三人を使って、募金詐欺をやってるようだな」

「てめえ、あやつける気か。おれは素人じゃねえんだぜ」

「募金詐欺は組のシノギじゃなく、そっちの内職みたいだな。図星だろ?」

「てめえ、ぶっ殺されてえのかっ」

相手がいきり立ち、拳を固めた。

ちょうどそのとき、背後でドアの開く音がした。黒いフェイスマスクを被った男がレンタルルームに躍り込んできた。なぜだか衣服の上にビニール製のレインコートを重ねている。前ボタンはすべて掛けてあった。両手にゴム手袋を嵌めている。

滝沢は禍々しい予感を覚えた。

侵入者は組員と称した男に目顔で去れと告げた。男は相手の凄みにたじろいだのか、そそくさと通路に出た。靴音が次第に小さくなる。

「おたく、何者なんだ？」

滝沢は問いかけた。相手は黙したまま、間合いを詰める。

その右手には、両刃のダガーナイフが握られていた。刃渡りは十六、七センチだろう。

「昨夜の密告電話で、わたしをここに誘い込んだんじゃないのか。どうなんだ？」

「……………」

男が無言で突進してくる。

数秒後、滝沢はまともに体当たりを喰らった。ほとんど同時に、腹部を刺された。

痛みよりも、熱感のほうが強かった。

ダガーナイフが引き抜かれて、今度は胸板を貫かれた。逃げる余裕はなかった。全身の力が萎える。

滝沢は膝から頽れた。フェイスマスクの男が後ずさった。レインコートには、返り血が散っていた。

滝沢の意識が霞みはじめた。ほどなく何もわからなくなった。

第一章　前科の烙印

1

厄介な依頼ではなかった。

元グラビアアイドルをネットで半年も誹謗中傷していた四十男の素姓は、わずか二日で突きとめることができた。楽な仕事だった。

多門剛は、マイカーのボルボXC40を走らせていた。間もなく午後七時になる。明治通りを新宿方面に走行中だ。

多門は依頼人の夕月亜理沙のオフィスに向かっていた。三年前に芸能界を引退した亜理沙はアパレルブランドを立ち上げ、自らデザインした女性用衣服をネット販売して人気を博し、年商二十億円の会社に育て上げた。

そうした急成長を妬まれたのか、亜理沙を中傷する者が出てきた。元グラビアアイドルはデビュー前から枕営業に励み、人気アイドルになったのだろう。アパレル業界に転じてからもセクシーな肉体を武器にして、のし上がったと書き込まれた。氏名も現住所も判明した。
そうした事実無根の書き込みを重ねていたのは、失業中の四十七歳の男だった。

三十七歳の多門は、裏社会専門の始末屋である。要するに、交渉人を兼ねた揉め事解決人だ。

巨漢で、押し出しがいい。身長百九十八センチだ。体重は九十一キロもある。

筋肉質の体は逞しい。肩はアメリカンフットボールのプロテクターを想わせる。胸も厚かった。二の腕の筋肉は、瘤状に大きく盛り上がっている。

そんな体型から、〝熊〟という綽名がついていた。〝暴れ熊〟と呼ぶ者もいる。多門は、そのニックネームが嫌いではなかった。体軀は間違いなく、他人に威圧感を与える。

しかし、顔は少しも厳つくない。

やや面長の童顔だ。きっとした奥二重の目、小鼻の張った大きな鼻、いかにも負けん気の強そうな直線的な唇。腕白坊主がそのまま大人になったような造作だ。

笑うと、とたんに太い眉と目尻が下がる。顔立ちは決して整っているとは言えないが、異性には好かれる。愛嬌のある面差しが母性本能をくすぐるのか。

多門は無類の女好きだった。

といっても、単なる好色漢ではない。老若や美醜に関係なく、あらゆる女性を観音さまのように崇めている。

それも半端ではなかった。辛い目に遭った女性を支えて尽くすことが、多門の生き甲斐だった。こと女性に関しては、他人に呆れられるほど無防備だ。初心な少年とほとんど変わらなかった。

そんな具合だから、女性に騙されることが少なくない。どんなに裏切られても、相手の女性を恨んだことは一遍もない。

多門は異色の経歴の持ち主である。中堅私大を卒業後、陸上自衛隊に入った。第一空挺団特殊部隊員に選ばれたのだが、自らエリートコースを閉ざしてしまった。上官の妻にのめり込み、不倫相手の夫を殴りつけたのだ。

多門は本気で上官の妻と駆け落ちする気だった。だが、惚れた人妻は同行を拒んだ。予想外だった。ショックは大きかった。

部隊に戻れなくなった多門は当てもなく、新宿に流れ着いた。へべれけに酔って、関東義誠会田上組の組員たちと派手な喧嘩をした。そのことが縁で、多門は皮肉にも田上組の組員になった。

巨漢の元自衛官は、たちまち頭角を現わして貫目を上げた。二年そこそこで、舎弟頭に出世した。苦労も多かったが、それなりの役得もあった。

ただ、デートガールたちの管理を任（まか）されたときから気持ちが塞（ふさ）ぐようになった。女性を喰（く）いものにしているという後ろめたさを拭（ぬぐ）えなかったからだ。

さまざまな理由で体を売る女性がいる。デートガールの管理は必要だろう。

誰かがそれをやらなければ、売春をしている女性たちは安心して稼（かせ）ぐことができない。デートガールの大半は、田上組に上前を撥（は）ねられることは当然と思っている。

それでも、多門は女性の稼ぎからピンを撥（は）ねたくなかった。そんなことで、三十三歳のときに七年ほど世話になった田上組を抜けて堅気（かたぎ）になったわけだ。

足を洗うと、多門はすぐ揉（も）め事解決人になった。世の中には、表沙汰（おもてざた）にできない各種のトラブルがある。多門は体を張って、さまざまな揉め事を収めてきた。

危険と背中合わせの裏稼業だけに、成功報酬は悪くない。

一件の成功報酬が数千万円になることもある。ここ数年は八千万円前後の年収を保（たも）っていた。もっとも、その大半は酒と女に注（つ）ぎ込んでしまう。もともと多門は浪費（ろうひ）家で、貯（たくわ）えのできない性分（しょうぶん）だった。

気に入ったクラブがあれば、ホステスごと一晩借り切って陽気に飲む。多門は大酒飲みで、大食漢でもあった。

衣服にも金をかけていた。巨体のせいで、既製服はどれもサイズが小さい。そのため、ほとんどオーダーメイドだった。三十センチの靴を売っている店も多くなかった。たいていアメリカ製か、ヨーロッパ製の靴を履いている。注文靴も数多い。

車が代々木一丁目に入った。次の交差点を左折し、五、六十メートル先のテナントビルの専用駐車場に入る。

夕月亜理沙のオフィスは、テナントビルの三階にある。三階のワンフロアを借りているようだ。四日前に多門は亜理沙のオフィスを訪ねている。知り合いの会社経営者に連れられて依頼人のオフィスを訪れたのだ。

多門はボルボを駐車場に置き、テナントビルのエントランスロビーに入った。エレベーターに乗り込み、三階に上がる。

函を出ると、斜め前に『レインボー工房』の社長室がある。依頼人は電話で、直に社長室に来てほしいと言っていた。約束の時刻は七時半だった。

少し早いが、多門は社長室のドアをノックした。

すぐに亜理沙の声で、応答があった。多門は名乗ってから、社長室に足を踏み入れた。

二十五畳ほどの広さだった。左手の窓側に大きな両袖机が置かれ、ほぼ正面に象牙色の総革張りの応接ソファセットが据えられている。十人掛けだった。

「ご足労いただいて、申し訳ありません。本来なら、わたしが多門さんの許に伺わなければならないのですけど……」

亜理沙が言って、アーム付きの椅子から立ち上がった。サンドベージュのスーツに包まれた体は均斉が取れている。息を呑むほど美しい。

「社長業は忙しいんだろうね」

「決裁しなければならない案件がいくつもございますので、いつも時間に追われているんですよ」

「すっかり女実業家っぽくなったね。グラビアアイドル時代と体型は変わってないが……」

「もうプロポーションが崩れて、昔の仕事には戻れません」

「事業でたっぷり稼いでるようだから、体型なんか気にすることはないでしょ？」

「でも、まだ結婚前ですので」

「気にするか」

「ええ」

「坐らせてもらうよ」

多門は言って、深々とした応接ソファに腰かけた。

「コーヒーにします？　それとも、緑茶のほうがよろしいかしら？」

「お気遣いは無用です。きみも坐ってくれないか」

「本当によろしいのでしょうか」

亜理沙が多門と向き合う位置に浅く坐った。

「電話で報告したように、ひどいことを書き込んでた男を突きとめた。きみを牝犬呼ばわりしてたのは、失業中の四十七歳の独身男だったよ」

「ありがとうございました。お疲れさまです。それにしても、わずか二日で相手を突きとめてくれるとは思っていませんでした。多門さんを紹介してくださった磯貝さんも、びっくりされていました。実は、お礼かたがた電話で中間報告をしたんですよ」

「そう」

「まずかったでしょうか？」

「いや、そんなことはないよ。磯さんは三年来の飲み友達なんで、この案件が片づいたら、報告しようと考えてたんだ」

「そうですか。どんな手品を使って、中傷を繰り返してた男を割り出したんです？　電話通信会社もプロバイダーも、めったに個人情報を外部の者に漏らしたりしませんでしょう？」

「そうだね」

「あっ、見当がつきました。警察か検察の関係者に成りすまして、捜査協力要請をしたんではありませんか？」

「それは企業秘密ってことにしておいてくれないか」

多門ははぐらかした。実は知り合いのＩＴジャーナリストに三十万円の小遣いを渡して、サイト運営会社の若い社員を抱き込んでもらい、亜理沙を誹謗中傷しつづけていた四十男を割り出させたのだ。

「わたしを侮辱しつづけてた男は、中條力也という名でしたね？」

「そう。自宅の住所もわかったよ。中野区上高田二丁目十×番地にある『カーサ上高田』の一〇五号室に住んでるんだ」

「そうですか」

「中條の悪質な書き込みは、もう全件削除されてると思うよ」

「よかった！　ちょっと失礼して、チェックしてみますね」

亜理沙が断って、腰を浮かせた。急ぎ足で社長席に着き、デスクトップ型のパソコンを操作しはじめた。

多門は猛烈に煙草が喫いたくなった。ヘビースモーカーだった。日に五、六十本は喫煙している。

コーヒーテーブルの上を見ると、灰皿はどこにも置かれていない。

多門は上着の内ポケットからロングピースのパッケージを掴み出し、蓋を開けた。煙草の香りを幾度か嗅ぐと、少し気持ちが落ち着いた。

ロングピースのパッケージを懐に戻したとき、亜理沙が嬉しそうな声を発した。

「本当に全件削除されていました」

「そうか」

「ひと安心しましたけど、後日、何か厭がらせをされるんじゃないかな」

「そんなことをしたら、とことん痛めつけてやるよ。それはそうと、ひどい目に遭ったんだから、それなりの決着をつけないとな」

「そうですね。中傷されてビジネスに集中できなくなったんで、威力業務妨害罪が適用されると思うんですよ」

「仮に適用されたとしても、中條って奴が刑務所に送られる可能性は低いな。下手すると、不起訴処分になるだろう」

「民事裁判で提訴は可能ですよね？」

「それはできるが、時間と弁護士費用がかかるだろうな。仕事に集中できなくなるかもしれないよ」

「わたしが女の武器を使って生きてきたなんてデマを長いことネットで流しつづけてた男をこのまま赦すことはできません。なんらかの方法で懲らしめてやりたいんです」

「こっちが中條を半殺しにしてやってもいいよ」

「多門さんを巻き込むことはできません。でも、ひとりで中條という男の自宅に乗り込むだけの勇気もないんです。困ったわ」

「こっちがボディーガード役を引き受けるよ」

多門は言った。

「そうしてもらえると、すごく心強いわ。でも、ご迷惑ではありません？」

「迷惑なんかじゃないよ。なんの苦もなく中條を突きとめることができたんだから、そのぐらいのサービスはさせてくれないか。でないと、成功報酬を貰いにくくなるからね」

「そういうことでしたら、甘えさせてもらおうかな」

亜理沙が言葉に節をつけた。

「きみは電車で会社に通ってるのかい？」

「いいえ。毎日、車で出社しています。白いポルシェでオフィスに通っているのですけど、まだ運転歴は二年そこそこなんですよ。自信を持って助手席に誰かを乗せられるわけではないので……」

「そういうことなら、こっちのボルボで中條の自宅アパートに行こう」

「はい。いま用意しておいた百万円をお渡ししますので……」

「報酬の払いは、いつでもいいんだ。すぐ出かける準備をしてくれないか。こっちはエレベーターホールで待ってる」

多門はソファから立ち上がり、先に社長室を出た。

二分ほど待つと、キャメルカラーのウールコートを腕に抱えた亜理沙が社長室から出てきた。二人は一階に下り、テナントビルの専用駐車場に向かった。

多門はボルボXC40の助手席に亜理沙を坐らせてから、運転席に入った。車内には香水の匂いがうっすらと漂っている。ディオールだろうか。シャネルでないことは確かだ。

「いい匂いがするね」

「仕事中は香水をつけないようにしてるんです。でも、多門さんと車内で二人きりになるわけですので、マナーとして……」

「まだ三月だから、仕事で忙しく動き回ったとしても、それほど汗はかかないんじゃないのか？」

「わたし、汗っかきなんですよ」

亜理沙が恥ずかしそうに言って、口を閉じた。

多門はエンジンを始動させ、ボルボを発進させた。最短コースを選んで、渋谷区から中野区に入る。上高田一丁目を走行中に急に亜理沙の呼吸が荒くなった。多門は車をガードレールに寄せて、助手席に目をやった。

亜理沙は肩を大きく上下させている。過呼吸になりかけているのだろう。

「大丈夫かい？　どこかのクリニックに行ったほうがいいかな」

「このまま少しじっとしていれば、楽に呼吸ができるようになると思います」

「そうだといいが、心配だな」

「女性の自分が卑劣な男に平手打ちを浴びせることができるかどうかと考えているうち

に、急に息苦しくなってきたんです」

「あんまり喋らないほうがいいよ」

多門は助言し、両側のパワーウインドーのシールドを下げた。冷たい空気を車内に入れると、次第に亜理沙の呼吸は安定した。

「こっちが中條を懲らしめるから、きみは横で見てるだけにしたほうがいいんじゃないか」

「それじゃ、気が済みません。わたし、中條の顔を平手で叩いて、土下座させてやります」

「おっ、過激なことを言うね」

「それだけ腹立たしく思っているんです」

「だろうな。なら、気が済むようにしなよ」

「はい。わたし、もう大丈夫です。車を出していただけますか」

「わかった。なるべく低速で走ろう」

「優しいんですね」

亜理沙が言った。

多門はどう応じていいのかわからなかった。黙ってボルボを走らせはじめる。『カーサ上高田』を探し当てたのは数分後だった。ありふれた軽量鉄骨造りの二階建てアパートだ。築十五年は経っているのではないか。

　多門はボルボを暗がりに停めた。

　手早くエンジンを切り、ヘッドライトも消す。多門は一〇五号室に視線を向けた。電灯は点いている。中條は自宅にいるようだ。

　二人は相前後して車を降りた。多門は亜理沙に耳打ちした。

「ざっと段取りを決めておこう。こっちがアパートの入居者を装って、まず一〇五号室のドアを開けさせるよ」

「わかりました」

「ドアが開く前に、こっちは横に隠れる。中條はきみの姿を見たら、おそらく驚いて棒立ちになるだろう。きみは前に踏み込んで、平手打ち、いや、バックハンドで中條の面を思い切り殴ってやりなよ」

「ええ、そうします」

　亜理沙が同意した。二人はアパートの敷地に入り、抜き足で一〇五号室に近づいた。

　多門はドアをノックした。

　ややあって、ドア越しに男の声が響いてきた。

「どなたでしょう」

「上の階に住んでいる者ですが、洗面所の排水パイプが外れて水浸しになってしまったんですよ。もしかしたら、一〇五号室に水漏れしているかもしれないと思ったものですので……」

「いまチェックしてみます」

「ご迷惑をおかけしまして、すみません」

多門は言って、ドアの真横に移動した。亜理沙がほぼドアの正面に立った。

「階下に水漏れはしてませんでしたよ」

部屋の主が言いながら、一〇五号室のドアを大きく開けた。

仁王立ちになっていた亜理沙が、応対に現われた四十代後半の男を睨みつけた。

「あんたがネットで半年もわたしを中傷してたのね。姓が中條であることもわかってるわよ」

「ゆ、夕月亜理沙だよな？」

「気やすく呼び捨てにしないでちょうだいっ」

「呼び捨てはよくねえな」

多門は口を挟んで、亜理沙の背後に回った。巨漢の多門を見て、中條は明らかに竦み上がった。怯えて後ずさる。

「あんたはクズだわ」

亜理沙は土足のまま玄関マットの上に上がるなり、バックハンドで中條の横っ面を張った。頬の肉と骨が鳴る。

中條がよろけて、横に転がった。亜理沙は中條の脇腹を蹴り込み、声を荒らげた。

「わたしを半年も侮辱したんだから、土下座しなさいよ」

「ごめんなさい、謝ります。おれが、いや、ぼくが全面的に悪いんです」

中條は半身を起こした。正座して、何度も床に額を押し当てる。そうしながら、中條は子供のように泣きはじめた。

「半殺しにされるかもしれないとビビってるようだな」

多門は亜理沙に言った。

「そうみたいですね」

「二度ときみを侮辱しないという誓約書を取るか」

「そこまでしなくても結構です。気弱なクズ男は、もうわたしを誹謗中傷することはないでしょう」

「だと思うよ」

「これで怒りはだいぶ鎮まったわ。引き揚げましょうか」

亜理沙が晴れやかな顔でそう言い、三和土に降りた。

「同じことをやりやがったら、今度はぶっ殺すぞ」

多門は中條を威した。中條が涙声で命乞いしはじめた。情けない姿だった。

「きみを会社まで車で送るよ」

「お言葉に甘えさせてもらいます。会社に戻ったら、謝礼を受け取ってくださいね」

「とにかく、引き揚げよう」

「そうしましょうか」

亜理沙が一〇五号室から出てきた。二人はそれから間もなく、ボルボに乗り込んだ。

2

銀行名入りの封筒が差し出された。

『レインボー工房』の社長室だ。多門はコーヒーテーブルを挟んで、夕月亜理沙と向き合っていた。

「お約束の百万円です。磯貝さんから聞いておりますので、領収証は必要ありません」

「それはありがたいな。楽な仕事だったから、半額でいいよ」

「いいえ、全額受け取ってください。多門さんを紹介してくれた磯貝社長には、大変お世話になっているの。ですので、謝礼を負けてもらうわけにはいきません」

亜理沙がきっぱりと言った。磯貝は不動産会社を経営している。仲介だけではなく、分譲住宅の販売も手がけていた。

「もしかしたら、このテナントビルも磯さんの仲介で借りることになったのかな」

「ええ、そうなんです。わたし、磯貝さんの奥さんと犬の散歩仲間なんですよ。そんなことで、ご夫婦にかわいがられるようになったんです」

「へえ、そうだったのか。磯さんは、そのあたりのことは話してくれなかったんだ」

「そうなんですか。ご夫婦は、わたしを実の娘のように接してくれてるんです。言ってみれば、お二人は親代わりですね」

「そうみたいだな。立ち入ったことを訊くが、芸能界を引退することにした理由は？」

「二十五になって、プロポーションを保つ努力をすることがきつくなったんですよ。それに、セクハラを受けることが多かったの」

「近年、国際ジャーナリストや映画監督、俳優の性暴力がよくマスコミで取り上げられるようになったね。芸能界の枕営業の噂は昔からあったが……」

「力のある男性に自分から接近して、いわゆる枕営業でステップアップしたモデル、タレント、若手女優もいることはいますね。だけど、ほんの一部ですよ。多くの芸能人は実力で売れっ子になることを願っています」

「そうだろうな」

　多門は相槌を打った。

「グラビアアイドルは尻が軽いと思われてるようで、体を狙われやすいんですよ。わたしもドラマ出演を餌に有名プロデューサーや広告代理店の役員にホテルに連れ込まれそうになったことがあります」

「卑劣な奴らだな。こっちも女好きだが、立場の弱い女性を狙うなんて最低だ」

「わたしも、そう思っています。そういう煩わしい思いをしてまで芸能界に留まりつづけたら、そのうち魂が汚れきってしまう気がしたんですよ。それで、学生のころから興味のあったアパレル業界で働きたくなったんです」

「そうだったのか。アパレル業界は全体に低調のようだが、きみがデザインした服は斬新だったんだろうな。それに、買いやすい価格帯みたいだよね」

「適正な値段を創業当時から心掛けてきましたので、売上げが伸びつづけているのでしょう」

「きみの知名度が高いこともプラスに作用したんじゃないか」

「そうなのかもしれませんね。多門さん、どうぞ封筒を収めてください」

亜理沙が言った。多門は手刀を切ってから、札束入りの封筒を上着の内ポケットに入れた。

「中條が何か仕返しをするとは思えないが、恐怖や不安を感じることがあったら、ためらうことなく連絡してくれないか」

「何かあったら、そうさせてもらいます。多門さんは車ですから、アルコールを飲ませるわけにはいきませんね。実は、貰い物の高級シャンパンがあるんですよ。不安が消えたので、わたし、祝杯を上げたい気持ちなんです」

「大きな声では言えないが、よく飲酒運転してるんだ。こっちは酒に強いほうだから、足を取られることはない。つき合うよ」

「だけど、飲酒運転はよくありません。わたしも今夜は少し酔いを醒ましてから、タクシーでマンションに帰ろうかな」

「おれも、そうするか。そうすれば、きみと祝杯を上げられるからな」

「それでは、少しつき合っていただけますか」

亜理沙が嬉しそうに言って、社長室から出ていった。後ろ姿も美しい。

多門は懐からスマートフォンを摑み出し、磯貝に電話をかけた。スリーコールで、電話は繋がった。

「ネットで夕月亜理沙を中傷してた男を懲らしめて、片をつけてきました」

多門はそう前置きして、経過を話した。

「亜理沙ちゃんは、そこまでやったか。それだけ怒りを膨らませていたんだろうな」

「ええ、そうなんでしょう。磯さんの奥さんは、依頼人と犬の散歩仲間なんだって？」

「そうなんだよ。それで、亜理沙ちゃんは我が家に遊びに来るようになったんだ。彼女は、わたしら夫婦の娘みたいなもんだよ」

「その話は本人からも聞きました」

「そう。彼女、きみには気を許したんだろう。多門君は巨体だから、なんとなく近寄りがたいが、俠気のある好漢だからね」

「そこまで誉められたら、近いうち鮨でも奢らないとね。それに、苦もなく稼がせてもらったんだから」

「こちらこそ、低額で仕事を請け負ってもらって、少し気が引けてるんだ。そのうち、何かで埋め合わせるよ。ありがとうね」

磯貝が謝意を表し、通話を切り上げた。

多門はスマートフォンを上着の内ポケットに戻した。少し経つと、亜理沙が社長室に戻ってきた。ワゴンにはシャンパンのボトル三本とグラスが載っていた。オードブル皿も見える。

亜理沙がてきぱきと二つのシャンパングラスを満たした。多門はボトルのラベルを読んだ。フランス産の高級シャンパンだった。

二人はふたたび向かい合って、グラスを軽く触れ合わせた。亜理沙は一気にシャンパンを半分ほど呷った。のけ反った白い喉元が妙にエロチックだった。

多門も高級シャンパンを口に含んだ。香りが高く、喉越しがいい。

「酒は嫌いじゃないようだね」

「ええ、好きです。ほとんど毎晩、何かアルコールを飲んでいます」

「寝酒をする男は何人もいるだろうが、女性となると……」

「そう数は多くないでしょうね。でも、お酒はストレスの解消になります。芸能活動をしてるときもそうでしたが、会社経営はストレスが多いんです」

「だろうね」

「五十人近い社員を路頭に迷わせてはいけないので、オーバーに言えば、毎日がそれこそ闘いです。低迷気味のアパレル業界では売上げが伸びているほうですけど、世界経済は先行き不透明でしょ？」

「だね。ロシアがウクライナに戦争を仕掛けたんで、西側諸国の多くが制裁に踏み切った。ところが、ロシアの報復によるエネルギー不足が物価高騰を招いて、庶民の暮らしは厳しくなる一方だ」

「ええ。日本は三十年も勤め人の給料が上がっていませんし、大企業や輸出関連会社以外は内部留保が減って、労働者の賃上げにも応じられないでしょうね」

「アメリカは平均所得が毎年のようにアップしてるが、インフレでハンバーガー一個が六、七百円もするそうじゃないか」

「ランチに何千円も遣えない人たちはサンドイッチを作って、それを職場に持っていくようになったらしいですよ。インフレ時代をどう切り抜けるか。それが多くの経営者の課題だと思います。あら、つい力んでしまいました」

亜理沙がはにかんだ。いい笑顔だ。

多門は惚れやすいタイプだった。気立てがいい美女には、たちまち魅せられる。親密な女友達は常に十人はいるが、チャーミングな女性を見れば、つい言い寄ってしまう。悪い癖だった。それを自覚しているのだが、いつもブレーキは利かない。

「磯貝さんから聞いたのですけど、多門さんはかつて陸上自衛隊第一空挺団の特殊部隊のメンバーだったそうですね。エリートだったんでしょう？」

「こっちはエリートなんかじゃなかったが、少し体力はあるからね。それだから、特殊部隊のメンバーになれたんだろう」

「どうして退官されたんですか？」

「上官の奥さんに夢中になってしまったんで、部隊にいられなくなったんだよ」

「あら、情熱家なんですね」

亜理沙が言いながら、多門のグラスにシャンパンを注ぎ足した。それから、自分のグラスも満たす。

「その後のことも磯さんから聞いてるんじゃないの？」

多門は質問した。

亜理沙が首を振る。磯貝は、多門がやくざだったことを知っていた。余計なことは美しい依頼人に話さなかったようだ。ある時期、男稼業を張っていたことを隠すつもりはなかったが、惹かれはじめた女性社長を失望させたくなかった。昔から、やくざのイメージはよくない。

「退官してからは、どうされていたんですか？」

「フリーのボディーガードをやってから、いまの始末屋になったんだ」

多門は、とっさに思いついた嘘を口にした。

「そうなんですか。多門さんはレスラー並みの体格ですので、頼もしい感じだわ」

「頭脳には恵まれなかったが、体は頑丈なんだ」

「うふふ。よかったら、オードブルを摘んでください」

亜理沙が先にフォークで生ハムを掬い上げた。

多門は釣られて、キャビアカナッペに手を伸ばした。一口で食べる。美味だった。

グラスを重ねているうちに、二人はすっかり打ち解けた。二本目のシャンパンも空けた。

「結婚されてるのかしら？」

「まだシングルなんだ。きみも独身だが、彼氏はいるんでしょ？　あっ、これは一種のセクハラか」

「気にしないで結構です。いまは誰とも交際してません」

亜理沙があっけらかんと言い、三本目のシャンパンの栓を抜いた。

「もったいない話だな」

「二年前まで彼氏はいたんですよ。だけど、拘束したがる相手だったんです。わたしは『レインボー工房』を何とか軌道に乗せたかったので、彼氏に割ける時間があまりなかったんですよ。そんなことで次第にぎくしゃくするようになって……」

「別れてしまったのか」

「ええ、そうなんです」

「ふっと何かが足りないと感じるときもあるんじゃないかい？」

「そんな気分になったときは、スコッチのロックを傾けます。ほろ酔いになると、新しい事業プランが次々と閃くんですよ。ですので、虚しさとか淋しさはまったく感じません」

「きみは根っからの実業家なのかもしれないな。ちょっと残念だね」

「残念？」

「そう。酔った勢いで、きみを口説こうと思ってたんだが……」

「会ったのは、まだ二度目ですよ」

「一目惚れなんだ。つき合ってくれとは言わないが、機会があったら、また一緒に飲みたいな」

「磯貝さんを交えて、三人でどこかで飲みましょうか」

「うまく逃げられたな。ま、仕方ないか。きみは美人実業家だ。いわば、高嶺の花だもんな」

「そんなふうに僻まないでください。多門さんはワイルドだけど、人間としての優しさがにじみ出ています。好感度は高いですよ」

「慰めてくれなくてもいいんだ。フラれることには馴れてるんでね」

多門は豪快に笑ってみせた。亜理沙が取ってつけたように早口で確かめた。

「岩手県出身だそうですね。磯貝さんから聞きました」

「そう。早池峰山の北側にある区界で生まれ育って、大学入学時に上京したんだ」

「東北育ちは訛を気にされる方が少なくないようですけど、完璧な共通語ですよ」

「普段はね。けど、興奮すると、方言が出ちゃうんだ。喧嘩のときだけじゃなく、セックスのときもね。いけねえ、いまのは完全にセクハラだな」

「気になさらないでください。グラビアアイドル時代に、もっと露骨なセクハラを受けましたし、もう二十八ですので」

「小娘みたいには騒いだりしない？」

「ええ。多門さんの東北弁、聞いてみたいわ」

「地方出身者をからかいたいのかな」

「それは曲解です。わたしは横浜出身なんで、方言が少ないんですよ。語尾に〝じゃん〟

を付けたりしますけど、ほとんど共通語と言ってもいいでしょう」

「ああ、そうだね」

「東北弁には何か温かみを感じるんですよ」

「いいべ。喋ってやる。若い女の体は一種の芸術品でねえべか。まんず美しいな。こんな感じだね」

「言葉に温もりがあるわ。わたし、大好きです」

「ついでに、東北出身の男も好きになってもらいたいね」

多門は冗談めかして言ったが、そう願っていた。

「ビジネスに興味を失ったら、多門さんにデートを申し込むかもしれません」

「大人の受け答えだな」

二人は顔を見合せ、小さく笑った。雑談を交わしながら、シャンパンを口に運ぶ。

三本目のボトルが空になると、亜理沙が口を開いた。

「タクシーを呼びましょうか」

「いや、いいよ。自分の車の中で酔いを醒ますことにする。きみはどうする？」

「残業している社員がまだ四、五人いますので、彼らが帰宅してからタクシーで広尾のマンションに……」

「そう。すっかりご馳走になっちゃったな。悪かったね」

多門は応接ソファから立ち上がり、亜理沙に軽く片手を上げた。亜理沙に見送られ、社長室を出る。

多門は美人実業家に別れの挨拶をして、エレベーターで一階ロビーに下った。テナントビルの専用駐車場に回って、自分の車に乗り込む。

多門は煙草をせっかちにくわえた。火を点け、深く喫いつける。二時間近く喫煙していなかった。ロングピースは格別の味がした。

フィルターの近くまで灰にして、二本目の煙草に着火する。一本では物足りなかった。二本目はゆったりと喫った。立てつづけに煙草を二本喫うと、多門はようやく落ち着いた。

車内の紫煙を外に出してから、シートベルトを締めた。

そのすぐ後、懐でスマートフォンが震えた。マナーモードにしてあったのだ。多門はスマートフォンを摑み出し、スピーカーフォンにした。

発信者はプロ調査員の杉浦将太だった。四十五歳で、元刑事だ。杉浦は新宿署生活安全課に所属していたころ、暴力団から金品を受け取ったことが発覚して懲戒免職になった。およそ三年ほど前のことだ。

いまは、新橋にある法律事務所で調査の仕事をしている。身分は嘱託で、報酬は出来高払いだった。収入には波があるらしい。多門は杉浦に調査の仕事をちょくちょく頼んでいた。

元悪徳刑事だけあって、杉浦は裏社会に精通していた。多門にとっては、頼りになる相棒だった。

「杉さん、どうしたんだい？」

「クマは傷害罪で府中刑務所に入ってたころ、元計画倒産屋の滝沢修司と雑居房で一緒だったんじゃなかったか」

「そうだが、滝沢さんがどうかした？」

「道玄坂のレンタルルームで、きょうの午後七時半ごろに刺殺されたよ」

杉浦が言った。

「なんだって⁉　滝沢さんは、誰に殺られたんだ？」

「それはわからないが、刃物のようなもので腹部と胸を刺されて救急病院に搬送されたんだが、失血死したらしい。テレビの報道によると、被害者は募金詐欺グループを追って、黒いフェイスマスクを被った野郎に刺殺されたようだな。レンタルルームの防犯カメラには、そいつの姿が映ってたんだ。ほかに募金箱を持った三人の若者、ヤー公っぽい男、それから滝沢が犯行現場のレンタルルームに出入りする姿が映り込んでた」

「そう。滝沢さんは、なぜ募金詐欺グループの動きを探ってたんだろうか。おれ、喧嘩早いから、服役中よく同じ房の人間と揉めた。そんなとき、滝沢さんが必ず仲裁に入ってくれたんだよ。借りがあるというか、世話になったんだ」

「確か滝沢は巨額詐欺で逮捕（パク）られて、府中で四年半ぐらい刑期を務めたんじゃなかったか」

「そうなんだ。しかし、改心して出所後は前科者の更生に力を注いで、『雑草塾』という犯罪加害者支援団体を立ち上げたんだよ。コンテナ型飲食業、便利屋、遺品整理業務を請け負う会社を設立して前科歴を持つ男女を積極的に雇（やと）い入れ、更生の支援をしてたんだ」

「その滝沢のことはクマから聞いてたんで、親近感を持ってたんだよ」

「事件はスピード解決するかもしれないが、じっとしてられないな。おれ、少し動いてみる」

「そうしなよ。いつでもクマを助（ス）ける」

「杉さん、頼りにしてるよ」

多門は電話を切って、獣（けもの）のように唸（うな）った。なぜ滝沢は殺害されたのか。故人に犯歴はあったが、好人物だった。犯人が憎い。

3

部屋のインターフォンが鳴った。

その音で、多門は眠りを破られた。代官山にある自宅マンションの寝室だ。

間取りは1DKだった。寝室は八畳ほどの広さで、ダイニングキッチンが付いている。家賃は駐車賃料や管理費を含めて、月額二十三万円だ。

浪費癖がなかったら、高級タワーマンションにも住めるだろう。占有面積は狭い。終日、自宅にいると、息苦しくなる。それでも、多門は広いマンションに移る気はなかった。狭苦しい塒も、それなりに快適だった。それこそ住めば都だ。

インターフォンは鳴り熄まない。

眠くてたまらない。ベッドに横たわったのは明け方だった。それまで多門は殺害された滝沢修司を偲びながら、弔い酒を飲みつづけていた。早く酔いたかったが、いっこうに酔えなかった。

故人と同じ雑居房で服役していたのは、わずか一年数カ月だった。ただ、どちらも木工班に配されたこともあって、長く一緒に過ごした。

同室者の多くは暴力団組員だった。詐欺で捕まった滝沢は少しも粗野ではなかった。知性もあって、礼儀正しい人間だった。強面のやくざも、滝沢に突っかかるようなことはなかった。

逆に多門は、しばしば同室者に絡まれた。相手を捩伏せることはたやすい。しかし、同室者を殴打したことが刑務官に知られたら、ペナルティーとして刑期を延ばされる。

それは避けたかった。じっと怒りを抑えていると、いつも滝沢は仲裁に入ってくれた。たちまち相手はおとなしくなって、多門に詫びる。滝沢は一目置かれていた。

多門は先に出所して、田上組に戻った。

滝沢が刑期を終えたのは一年半後だった。多門は担当だった刑務官に滝沢の居所をこっそり教えてもらい、マンスリーマンションを訪ねた。

滝沢は多門との再会を喜んだ。ただ、まだ田上組を脱けていないことを知ると、少し落胆したようだった。多門は出所祝いとして、三百万円の現金を携えていた。しかし、滝沢は頑として金を受け取らなかった。

聞けば、経営コンサルタント時代から親交のあった元相場師の老資産家が再起のチャンスを与えてくれたという。滝沢は前科がハンディになって社会復帰できない男女のために働く場所を用意したいと熱く語った。

彼は出頭前にほとんどのフランチャイズ代理店オーナーに権利金、加盟料、経営指導料を弁済していた。多門は、そのことを服役仲間から聞いて知っていた。滝沢が本気であることは感じ取れた。

その当時、多門はまだ足を洗う気はなかった。滝沢に会えば、堅気になれと説教されるだろう。勝手にそう考え、滝沢から遠ざかってしまった。

風の便りで元計画倒産屋が『リスタート・コーポレーション』という会社を設立したこ

とは知っている。事業が安定してから、『雑草塾』という犯罪者更生支援団体を立ち上げたことも耳に入っていた。

まだ組員であることが負い目になっていて、多門は滝沢に会いに行けなかった。そのことが悔まれる。足を洗ったとき、すぐに滝沢に会いに行くべきだった。借りた金を踏み倒してしまったようで、心が重い。

いつの間にか、インターフォンは鳴らなくなっていた。

「もう少し寝るか」

多門は声に出して呟き、羽毛蒲団を引っ被った。

そのとき、ナイトテーブルの上でスマートフォンが震えた。多門は舌打ちして、スマートフォンを摑み上げた。

発信者はチコだった。元暴走族のニューハーフだ。新宿の『孔雀』というクラブのナンバーワンである。二十六歳だったか。あるいは、もう二十七歳になったのかもしれない。

「クマさん、誰か女を部屋に引っ張り込んでるんじゃない？　ナニの最中だったんで、ドアを開けられなかったのよね。あたしという彼女がいるのに、この浮気者！」

チコが一方的にまくしたてた。

「おめえは男じゃねえか」

「もう性転換手術をしたんだから、身も心も女そのものよ」

「そういうことにしといてやるか。チコとは、きのうきょうのつき合いじゃねえからな」

「あたしたちは、もうカップルよ。体で愛を確かめ合ったことがあるんだから」

「てめえ、その話をまた持ち出すのか。おれはチコに跨がられて、小便を漏らしただけだっ。何遍同じことを言わせるんだよ」

多門は声を張った。同性にはまるで関心がないが、深酒のせいでチコと戯れて不覚にも射精してしまったのである。

その記憶を消せるものなら、全財産を投げ出してもいい。そう考えるほどの忌わしい出来事だった。

「クマさん、女を連れ込んでないのね。それだったら、部屋に入れてよ」

チコがそう言って、先に電話を切った。

多門は渋々、上体を起こした。ベッドから離れる。多門は玄関に向かい、ドアを開けた。

「あら、まだパジャマ姿なのね。もう正午過ぎなのに」

チコが呆れ顔で言い、部屋の中に入った。

多門はペットボトル入りの緑茶を冷蔵庫から取り出し、来客をリビングソファ型の椅子に坐らせた。自分もダイニングテーブルに向かい、ロングピースをくわえる。

「クマさん、そろそろ電子煙草にシフトしたら？　紙煙草を喫える飲食店はほとんどなくなってしまったけど、電子なら、ＯＫのところもあるわ。コストを考えたら、電子のほうがいいんじゃない？」

「コストを考えながら、煙草を喫えるかっ。そんなことより、いきなり訪ねてきて、何の用だ？」

「きょうの午後三時過ぎに横浜のベイブリッジのサービスエリアにクラシックカーマニアたちが集まるって情報が入ったの。珍しい旧車を見に行かない？」

「パトロンに連れてってもらいな」

「どうして意地の悪いことを言うのよ。悲しくなるわ。昔はともかく、いまは本当にパトちゃんはいないのに。だって、あたしはクマさん一筋なんだもの。うふふ」

「変なことを言うんじゃねえよ」

「クマさんなんて嫌いよ。ううん、大好き！」

「チコと遊んでる暇はねえんだ」

「また、性悪女に甘いことを言われて大金を貢がされたんでしょ？」

チコが茶化した。

「おい、よく聞け！　これまでに何回か言ったが、根っからの悪女なんていねえんだよ。悪い野郎に騙されたり、脅迫されたんで、仕方なく人の道を外すことになったにちがいない。そういう女性は被害者でもあるんだから、優しく接してやらなきゃな」

「中学生(チューボー)みたいなことを言ってる」

「笑いたきゃ、笑いやがれ！」

「話を変えるけど、昼過ぎまで寝てたの？」

「そうだよ。府中刑務所の雑居房で一緒だった滝沢という人間がいたんだ。けど、きのうの夜、道玄坂の雑居ビルの地階にあるレンタルルームの一室で刺殺されちまったんだ」

多門は、杉浦から聞いた話を伝えた。

「その事件のことなら、テレビとネットのニュースで知ったわ。お腹(なか)と胸を刺された被害者は募金詐欺グループのことを調べてたみたいね。今朝(けさ)の報道だと、レンタルルームに設置されてた防犯カメラに募金箱を抱えた三人の若い男、それから暴力団関係者っぽい奴が事件のあったレンタルルームに入る姿が映ってたんだって」

「ほかに報じられたことは？」

「若い男たちが部屋から出て間もなく、フェイスマスクを被った男がレンタルルームに躍(おど)り込んだみたいよ」

「そいつが組員らしき男を部屋から逃がして、滝沢さんを刺し殺したのかもしれねえな」

「あたしも、そう思ったの。やくざ風の男が若者たちに募金を集めさせて、その多くを自分の懐(ふところ)に入れてたんじゃないのかしらね。事件の被害者に知られてしまったんで、やくざと思われる男は殺し屋(プロ)でも雇(やと)って、都合の悪い人間を始末させたんじゃない？　それとも、実行犯は兄貴分なのかな」

「組員と思われる奴は、殺人(コロシ)の実行犯を手引きしたのか。それとも、何も繋がりはないのか」

「まだ断定はできないけど、組員っぽい男はおそらく募金詐欺のことを被害者に知られたんで、口を封じる必要があった。で、第三者に協力してもらったんじゃない？」

「考えられるな。となると、プロの犯行だろう」

多門は言って、腕を組んだ。

チコがペットボトルのキャップを外し、日本茶をラッパ飲みする。尖(とが)った喉仏(のどぼとけ)が大きく上下した。

「チコ、どうした？ いつもはスカーフか、チョーカーで尖った喉仏を覆(おお)い隠してるのに」

「うっかりスカーフを巻くことを忘れちゃったのよ」

「そうだったのか」

「クマさん、犯人捜しをする気でいるんでしょ？」

「ああ、滝沢さんには世話になったからな」

「やっぱりね。組員風の男がどこの何者かわかれば、実行犯の正体も……」

「だろうな。レンタルルームの出入口に設置されてる防犯カメラの映像はもちろん、事件現場周辺の画像データは警察が捜査資料として持ち帰ったはずだ。事件現場周辺で刑事に成りすまして、目撃証言を集めてみるか」

「そうするほかなさそうね。それはそうと、お腹空いてない？　冷凍食品があったら、あたしがチンしてあげる」

「冷凍ピラフとペペロンチーノが残ってたな」

「クマさん、シャワーを浴びたら？　頃合を計って、どっちもあたしが温めておくわ」

「悪いけど、頼まあ」

　多門は腰を上げ、浴室に足を向けた。

　熱めのシャワーを浴び、ついでに髭を剃る。歯磨きは、いつも食後にしている。脱衣所のロッカーには、洗いざらしのトランクスが収めてある。

　多門はパンツ一丁で脱衣所を出た。ダイニングテーブルの脇を抜ける。食卓の上には温められたピラフ、ペペロンチーノ、コーンポタージュ、野菜サラダが載っていた。

「残ってた野菜を勝手に使わせてもらったの。いいわよね？」

「かまわねえよ。チコ、ペペロンチーノを喰えよ。ピラフがよけりゃ、そっちでもいいぞ」

「ダイエット中だから、お茶だけでいいわ。それより、早く寝室で衣服をまとってくれない。クマさんの筋肉質の半裸を見たせいか、妖しい気分になってきたの」

「おかしなことを言うんじゃねえよ」

「あたしの気持ち、ちっともわかってないのね」

チコが嘆いた。多門は聞こえなかった振りをして、ベッドルームに入った。

手早く厚手のチノクロスパンツを穿き、長袖の黒いTシャツをまとう。多門はその上に綿シャツを羽織って、ダイニングテーブルに向かった。

チコは真ん前の椅子に腰かけ、多門を見つめていた。熱い視線がうっとうしいが、黙々とピラフとペペロンチーノを食べる。野菜サラダも平らげ、コーンポタージュも残さなかった。

「クマさんは大食漢だから、それだけじゃ満腹感は得られないでしょ? 近くのスーパーに行って、食料を買い込んでくるわ」

「いいって。チコ、悪かったな。車でおまえのマンションまで送ろうか」

「この近くに新しいブティックができたのよ。その店や輸入雑貨店をのんびり回ってから、タクシーで帰宅して、夜、店に出るわ」

「そうか。チコ、そのうちバッグでもプレゼントするよ」

「ううん、物なんか何もいらない。あたしはクマさんの役に立てればいいの。何か手伝えることがあったら、いつでも声をかけてちょうだい」

チコはダイニングテーブルから離れ、玄関に向かった。

多門はチコが辞去すると、汚れた食器、フォーク、スプーンを手早く洗った。シングルマザーに育てられたせいか、家事は少しも苦にならなかった。

看護師だった亡母が勤務先の救急病院から戻るまで、小学生のころから炊事や洗濯をしていた。裁縫もできる。

多門は歯を磨くと、ダイニングテーブルの椅子に坐った。ありし日の滝沢の姿が脳裏に浮かんでは消えた。訃報に接するたびに、命の儚さを思い知らされる。命には限りがある。世間体など気にしないで、生きたいように生きるべきだろう。

多門は一服すると、寝室で手早く着替えをした。薄手のカシミヤセーターの上に茶色のレザージャケットを羽織る。下はベージュのチノクロスパンツだ。

多門は部屋の戸締まりをして、六階にある自宅を出た。エレベーターで地下駐車場まで下り、ボルボＸＣ40に乗り込む。

多門は渋谷に向かった。十数分で、目的地に着いた。多門は道玄坂の裏通りにある有料立体駐車場にボルボを預けた。道玄坂まで大股で歩く。

事件現場は見当がついていた。造作なく雑居ビルを探し当てた。立番の制服警察の姿は見当たらない。地下に通じる階段の昇降口にも規制線は張られていなかった。すでに現場検証は終わったのだろう。

多門は濃いサングラスで目許を覆ってから、ゆっくりと地下一階に降りた。

無人だった。通路の右手に六つのレンタルルームが並んでいる。表向きは貸会議室ということになっているが、実際は麻薬や盗品の受け渡し場所に使われているようだ。ラブホテル代わりに利用されてもいる。

多門は防犯カメラが設置されている箇所を目で確認してから、通路に片膝を落とした。靴紐を結び直す振りをして、通路を見回す。

最も手前のレンタルルームのドア付近に、うっすらと血痕が残っていた。すぐ右横の部屋で滝沢は刺殺されたのだろう。

多門は防犯カメラの死角になる場所に移動して、両手に布手袋を嵌めた。よく使っている特殊万能鍵を用いて、ドアのロックを解除する。

多門はドアを細く開け、素早くレンタルルームに滑り込んだ。薄暗いが、照明は灯さなかった。スマートフォンのライトで、足許を照らす。足跡検査やルミノール検査済みであることは明らかだった。

多門は屈み込んで、床を見渡した。

テーブルの近くに、いくつか血の滴が散見できる。犯人の遺留品らしき物は何も見つからなかった。

多門はスマートフォンを懐に突っ込み、急いで通路に出た。

手早くドアをロックして、うつむき加減に階段を駆け上がる。多門は雑居ビルを出る前に布手袋を外し、道玄坂の反対側に渡った。

警察は、事件のあった雑居ビルの真向かいの商業ビルの防犯カメラの映像を借り受けたにちがいない。商業ビルの並びの店舗や会社の防犯カメラも事件現場の雑居ビルに出入りする者たちを捉えているのではないか。

多門は各種の身分証明書を使い分けている。

サングラスを外し、正面の商業ビルの受付に歩を運ぶ。多門は渋谷署刑事課強行犯係の現職刑事に成りすまして、偽の警察手帳を受付嬢に呈示した。

予想通り、事件当日の映像データは警察に貸してしまったという。

多門は謝意を表し、次に右隣のオフィスビルを訪ねた。やはり、結果は同じだった。

だが、左隣の店舗ビルには事件当日の映像が残っていた。多門は管理会社の者に頼み込んで、映像を観せてもらった。

不審者が映し出されるたびに、スマートフォンのカメラで静止画像を撮った。怪しい人物の正体がわかれば、犯人を割り出せるかもしれない。

多門は管理会社の社員に礼を述べ、有料立体駐車場に引き返した。ボルボに乗り込み、やくざ時代に舎弟だった箱崎満広のスマートフォンを鳴らす。

箱崎は三十二歳だが、まだ準幹部にもなっていない。お人好しだから、手柄を兄貴分に奪られてしまう。

電話はスリーコールで繋がった。

「多門の兄貴、ご無沙汰しています」

「兄貴と呼ぶな。おれはもう堅気なんだ」

「あっ、すみません」

「神崎、元気でやってるか？」

「ええ、なんとか。きょうは何です？」

「おまえに頼みがあるんだ。何カットか静止画像をそっちのスマホに送信するから、正体がわかる奴がいたら、おれに教えてくれねえか」

「兄貴、いえ、多門さん、何があったんです？」

箱崎が興味を示した。

「静止画像に映ってる人間の中に、おれの知り合いを殺した犯人がいるかもしれねえんだよ」

「その知り合いというのは？」

「それより、これから画像を送るぞ」

多門はアナログ派だったが、チコにスマートフォンの使い方を教えてもらって、なんとかメールの遣り取りができるようになったのだ。

簡単に事情を話して、通話を切り上げる。多門は有料立体駐車場を出た。ボルボを路上駐車して、ロングピースに火を点ける。喫い終わらないうちに、箱崎からコールバックがあった。

「お待たせしました。募金箱を抱えた三人の若い奴に見覚えはありませんが、三十代の後半の男は誠忠会（せいちゅうかい）の進藤正人（しんどうまさと）って組員です」

「そうか」

多門は短く応じた。誠忠会は首都圏で五番目にランクされている広域暴力団だ。武闘派やくざが多い。

「進藤は縄張り内（シマウチ）の飲食店や性風俗店から、みかじめ料を二重取りしてるようで評判はよくないですね」

「おまえ、その進藤って奴と面識があるのか？」

「ええ。いちゃもんをつけてきやがったんで、殴り合いになりかけたんですよ。半年以上前のことです。双方の連れが間に入ったんで、揉め事（マチガイ）には発展しませんでしたけど」

「箱崎、最後の画像の後ろ姿に見覚えは？」

「ありません。ただのやくざ者ではなさそうですね」

「裏社会のネットワークを使って、進藤正人って野郎の家（ヤサ）を調べてくれねえか。愛人（レコ）がいるかどうかもな」

「わかりました。多門さん、画像に映ってる雑居ビルは道玄坂にあるんじゃないですか。

ビルの地下一階のレンタルルームで昨夜（ゆうべ）、殺人事件がありましたよね」

「頼んだこと、よろしくな！」

「は、はい」

箱崎が電話を切った。

多門はスマートフォンをレザージャケットの内ポケットに戻した。ほとんど同時に、スマートフォンに着信があった。発信者は元刑事の杉浦将太だった。

「クマ、まだ渋谷のどこかにいるんじゃねえか？」

「杉さん、おれの姿をどこかで見かけたんだね」

「当たり（ビンゴ）だ。そっちが事件のあった雑居ビルの反対側で聞き込みをしてるとこをたまたま目撃したんだよ。おれは渋谷署の刑事課にいる知り合いを訪ねて、情報を集めるつもりだったんだ。けど、相手に警戒されて、有力な手がかりは得られなかった。で、現職を装って事件現場で地取り捜査をしてたんだが、少し疲れたんで道玄坂の途中にある『オアシス』ってカフェで一休みしてるんだ」

「おれ、近くにいるんだ。すぐカフェに向かうよ」

多門は急いで運転席を離れ、道玄坂に向かった。

4

客は疎らだった。

多門は視線を延ばした。『オアシス』だ。

杉浦は最も奥のテーブル席に着いている。壁板を背負う形だった。

多門は杉浦の正面に腰を落とし、ウェイトレスにブレンドコーヒーを注文した。杉浦はオーダーしたホットココアを飲んでいる。

「ごくたまにだが、無性にホットココアを飲みたくなるんだよ。甘党じゃねえんだけどな。体が疲れてるのか。そんなことより、クマ、やるじゃねえか。元刑事のおれより先に手がかりを摑んだんだろう？」

「事件のあった雑居ビルの斜め前の店舗ビルで、きのうの録画を観せてもらったんだ。こいつだよ」

多門は懐からスマートフォンを取り出し、ディスプレイの静止画像を杉浦に向けた。

「映ってる学生っぽい三人は、単に募金詐欺の片棒を担いでただけなんだろう。そいつらを雇った男は堅気じゃねえな。どこかで見た面だが、とっさには思い出せねえんだ。誰だったかな」

「誠忠会の進藤正人って奴だよ。昔の舎弟に画像を送信したんだ」

「クマがメールの遣り取りをするようになったのか。こっちも少し勉強しねえとな。クマ、折り畳んだレインコートを小脇に挟んでる奴は？」

「正体はまだわからないんだが、この男が着衣の上にレインコートを重ねて刃物で滝沢さんを殺ったんじゃないか？」

「そうなんだろうな。事件現場の雑居ビルの降り口に防犯カメラが設置されてたら、スピード解決すると思うが……」

杉浦が言いながら、上体を反らした。ウェイトレスが近づいてきたからだ。

多門はスマートフォンを懐に仕舞った。ウェイトレスは多門の前にブレンドコーヒーを置くと、すぐに下がった。

「この店も禁煙だ。煙草好きには暮らしにくい世の中になっちまったな」

「おれも、そう思うよ」

多門は言って、コーヒーをブラックで啜った。

「知り合いの渋谷署刑事、最低限のことは喋ってくれたよ。滝沢修司の死亡推定時刻はきのうの午後七時二十分から同八時の間らしい。凶器は両刃のダガーナイフと推定され、死因は失血死だってさ」

「渋谷署は捜査本部を設置したのかな」

「正午前に設置したそうだ。司法解剖は午後一時から東京都監察医務院で行われ、夕方までには遺体は港区三田にある被害者の会社に搬送されるだろうって話だったな」

「そう。滝沢さんは愛妻に急死されてから、ずっと独り暮らしだったんだ」

「支えになってくれてた妻が亡くなったり、重い病気になったら、男は腑抜(ふぬ)けみたいになっちまうだろうな」

　杉浦がしんみりと呟(つぶや)いた。元刑事の妻は東京郊外に入院している。遷延性(せんえんせい)意識障害で昏睡(こんすい)状態だ。

　やくざ時代の多門は、悪徳刑事の杉浦を嫌っていた。警察官でありながら、暴力団や性風俗店から金を脅し取っていた男は軽蔑(けいべつ)の対象でしかなかった。

　金に執着(しゅうちゃく)せざるを得ない事情があったことを知って、多門の考えは一変した。杉浦は妻の高額な入院費を工面したくて、悪事に及んだ。短絡的な行動だが、その気持ちは理解できる。

　人生を棒に振っても、かけがえのない女性にはとことん尽くす。そうした生き方には覚悟が必要だ。その潔(いさぎよ)さは、ある意味で清々(すがすが)しい。

　多門は自分から杉浦に近づき、酒を汲(く)み交わすようになった。杉浦は小柄だが、迫力がある。いつも赤い目を細めて鋭角的な顎(あご)を撫(な)でると、凄(すご)みが増す。

「警視庁捜査一課強行犯係十数人が捜査本部(チョウバ)に送り込まれて、渋谷署の約二十人との合同捜査なんだが、あまり力が入ってねえみたいだな」

「滝沢さんが巨額詐欺を働いた前科者だったからなのか」

「多分、そうなんだろう」

「滝沢さんは心底改心したから、老資産家から無担保で借り入れた金で犯歴のある男女が働ける会社を立ち上げた。それで事業が軌道に乗ると、犯罪者更生支援団体を発足させた。ボランティア活動に力を入れてたんだから、警察は偏見を棄てて真剣に捜査に取り組むべきだな」

「クマの言う通りだ。人間は弱くて、愚かな動物だよな。真っ当に生きてた奴でも人の道を外すことがある」

「そうだね。おれの場合はつい逆上して喧嘩相手に大怪我させて、傷害で一年数カ月の刑期を科せられたわけだけど」

「前科者の再犯率が高いことは間違いないが、犯歴があっても真人間になった者はたくさんいる」

「捜査本部がだらついてたら、杉さんとおれで滝沢さんを刺し殺した犯人を割り出そうか」

「協力は惜しまねえよ」

杉浦が笑顔で答えた。

「おれは、これから滝沢さんの会社に回るつもりなんだ」

「えーと、『リスタート・コーポレーション』だったか」

「そう。ボランティアでやってる犯罪者更生支援団体は『雑草塾』というんだ」

「どっちの名前もストレートすぎる気がするな。けど、わかりやすい。クマと一緒に滝沢修司の会社に行きたいところだが、女房の入院先に回る予定なんだ。入院費の支払いがあるんだよ」

「その後、奥さんの様子は？」

「うちの眠り姫は、ずっとおねむになったままだよ。亭主がせっせと通ってるんだから、一回ぐらいは目をぱっちり開けてもいいと思うがな」

「杉さんのそういう言い方、おれ、好きだよ。照れの裏返しって、男のダンディズムだからね」

「利いた風なことを言うんじゃねえや」

「杉さん、先に出て奥さんの様子を見に行ったら？　おれはもう少し休んでから、滝沢さんの会社に行くよ」

多門は卓上の伝票を抓み取り、レザージャケットのアウトポケットに入れた。

「おれがクマをここに呼んだんだから、その伝票を寄越せよ」

「いいんだ、いいんだ。杉さんには世話になってるんだから」

「なんだか悪いな。それじゃ、奢ってもらうぜ」

杉浦がソファから腰を上げ、飄然と立ち去った。

多門はカプチーノを追加注文した。ゆっくり味わってから、店を出て裏通りに引き返す。数分歩いただけだった。

多門はボルボに乗り込み、港区三田四丁目に向かった。『リスタート・コーポレーション』は寺の多い地域にあった。魚籃坂下交差点から、それほど離れていない。

多門は車を近くの路上に駐め、『リスタート・コーポレーション』の敷地に足を踏み入れた。

右手に倉庫のような建物があり、その横にプレハブ造りの社屋が建っている。玄関のそばに受付があって、髪を金髪に染めた二十六、七歳の男がたたずんでいる。泣き腫らした目が赤い。

「きみは『リスタート・コーポレーション』で働いてるのかな？」

多門は訊いた。

「そうっす。おれ、滝沢社長に拾ってもらって、便利屋と遺品整理の仕事を受け持ってるんすよ」

「前科をしょってるのか？」

「はい。恐喝で逮捕られて、一年ちょっと喰らいました。失礼ですが、おたくさんは？」

「多門という者だ。やくざだったころ、滝沢さんと同じ雑居房にいたんだよ。亡骸（なきがら）はもう会社に運び込まれたんだろう？」

「ええ。奥の社長室に安置されてるっす」

「ご遺体と対面させてほしいんだ」

「わかりました」

金髪の男が案内に立った。

社長室は奥まったところにあった。二十畳ほどの広さだ。花に囲まれた柩（ひつぎ）がスタンドの上に置かれている。

白髪の高齢者がステッキで体を支えながら、死者に何か語りかけている。そのかたわらには、三十三、四歳と思われる美女が立っていた。造作のひとつひとつが整っている。

その女性が気配で振り返って、歩み寄ってきた。

「わたくし、滝沢の秘書をしておりました瀬戸奈穂と申します。失礼ですが、どなたさまでしょうか？」

「多門剛といいます。以前、故人とは府中で一緒だったんですよ」

「あなたのことは、滝沢から聞いておりました。ワイルドな好漢だと申しておりましたよ」

「こっちは好漢なんかじゃない。滝沢さんこそ好人物でしたよ。ニュースで事件のことを知って、駆けつけたんです」

「さぞ驚かれたことでしょうね」

「ええ。あのう、故人のそばにいらっしゃる方は？」

「芝山善行さまです。伝説の相場師だった方ですよ。芝山さまが滝沢の事業計画に賛同され、事業資金の大半を無担保でお貸しくださったと聞いております」

「故人にとって恩義のある方なんですね」

「ええ、その通りです。明日が通夜の予定なのですが、きょうは親交の深い方たちに弔問していただいているんですよ」

「それじゃ、こっちは引き揚げて明日の通夜に改めて……」

「そうおっしゃらずに、故人の顔をどうか見てやってください」

芝山が体を反転させ、大きな声で言った。涙が眼球から盛り上がっている。

「しかし……」

「わたしは、もう失礼する」

「もう少しいらしていただけませんか」

美人秘書が芝山を引き止める。

「そうしてあげたいが、辛すぎてな。滝沢君を倅のように思ってたんで、悲しみが深くてね」

「わかりました。無理強いはいたしません」

「気持ちを察してくれて、ありがとう」

芝山がステッキを使いながら、一歩ずつ歩きはじめた。瀬戸奈穂が芝山の片腕を支えて付き添った。

多門は柩に接近した。小さな覗き窓から故人の顔を見る。

血の気が失せ、紙のように白い。死後硬直が解け、表情は緩んで見えた。

志半ばで生涯を終えなければならなかったことは、さぞや無念だったろう。多門は無宗教だったが、無意識に合掌していた。

少し待つと、美しい秘書が社長室に戻ってきた。二人は名刺を交換した。

「捜査がもたつくようでしたら、多門さん、犯人捜しをしてもらえませんか？」

「こっちは元刑事でも、探偵でもないんだ。犯人捜しなんて無理ですよ。しかし、事件のスピード解決を望んでますんで、できるだけのことはします」

多門は誓って、奈穂に背を向けた。

第二章　疑惑の背景

1

社長室を出て間もなくだった。

多門は美人秘書に呼び止められた。振り返る。瀬戸奈穂が歩み寄ってくる。

「実は、警察の方たちには話さなかったことがありますの。そのことを多門さんに聞いていただきたいんです。ご迷惑でしょうか?」

「そんなことはありません」

二人は社長室に引き返し、ソファセットに腰かけた。向かい合う形だった。

「取り込んでいますので、粗茶も差し上げられませんけど……」

「どうかおかまいなく。話というのは?」

多門は促した。

「滝沢社長の死に何らかの形で絡んでそうな人物に心当たりがあります」

「えっ、それは誰なんです？」

「誠忠会の進藤正人という組員です。受付案内係の金髪の彼は間宮勉という名で、服役する前まで誠忠会の準構成員だったんですよ。それで、間宮君は進藤の子分みたいなことをやってたんです」

「準構成員なら、会長の盃は貰ってなかったはずだ」

「ええ、盃は交わしていないようです。ですので、間宮君は出所後は進藤から遠ざかって更生する気になったんですよ」

「で、髪を金色に染めた彼は滝沢さんを頼って、『リスタート・コーポレーション』で働くようになったわけか」

「そうなんです。ですけど、進藤という組員に間宮君は勤め先を知られて、足を洗う気なら、五百万の迷惑料を自分に払えと脅されたらしいんですよ。困った間宮君は滝沢社長に相談しました」

「滝沢さんはどう対応したんだろう？」

「社長は会社まで押しかけてきた進藤を叱りつけ、追い返そうとしました。すると、進藤は刃物を振り回しはじめたんです。騒ぎを聞きつけた男性従業員たちが仕事を中断して、社長に加勢しました」

奈穂が一気に喋った。

「で、どうなったのかな？」

「進藤は少しの間、虚勢(きょせい)を張っていたのですが、結局、引き下がりました。ですが、間宮君への脅迫や厭(いや)がらせは止まりませんでした。それで、社長は誠忠会の会長に直談判(じかだんぱん)をしました。会長は器(うつわ)が大きいようで、進藤を破門にすると約束してくれたそうです。口約束だったらしいのですけど、進藤は間宮君に何も悪さをしなくなりました」

「故人は気骨がある方だったからね」

「ええ。そういうことがありましたので、進藤は滝沢社長を逆恨(さかうら)みしていたのではないでしょうか。間宮君から聞いた話ですけど、進藤は組織に内緒で非合法ビジネスで遊興費(ゆうきょうひ)を捻(ひね)り出してるようなんです」

「そうだとすれば、進藤が殺し屋(プロ)を雇うことは可能だろうな」

「はい、そう思います。事件の前日、会社に密告電話がありました。社長が受話器を取ったのですけど、岩渕勇(いわぶちいさむ)専務が居合(いあ)わせていたんです。滝沢社長は電話を切ると、専務に誠忠会の進藤が個人的に渋谷駅周辺で募金詐欺をしている疑いがあるという密告だと洩(も)らしたそうです」

「そのとき、瀬戸さんは滝沢さんの近くにはいなかったんですね」

「ええ」

「岩渕という専務は社内にいらっしゃるのかな」

「あいにく葬儀社に出向いていますの。すぐには戻ってこないと思います。滝沢社長は詐欺罪で実刑判決が下（くだ）されて間もなく、実母と実兄に絶縁されてしまいました。親兄弟や従兄弟（いとこ）たちとも縁が切れてたので、岩渕専務が喪主を務めることになったわけです」

「岩渕さんはどんな方なんです？」

多門は訊いた。

「もう廃刊になりましたけど、『金融通信』という業界紙の元記者です。経済界に精通しているので、社長が『リスタート・コーポレーション』の設立時に専務として迎え入れたと聞いています」

「専務に犯歴は？」

「ありません。実年齢は四十三歳なのですが、押し出しがいいんですよ。五十年配に見えると思います」

「瀬戸さんは会社とボランティア活動の両方に携（たずさ）わってるんですか？」

「ええ、一応。わたし、押しかけ秘書なんですよ。元服役囚が更生して、前科のある男女の再起に尽力しているという週刊誌の記事を読んで、滝沢社長をリスペクトするようになりました。詐欺を働いたことはいけませんけど、改心して真人間になろうとしている姿は尊敬に価（あたい）しませんか？」

「それで、ヨガのインストラクターとホームページ開設の仕事を減らして社長秘書に……」

「ええ、そうですね」

「それはいつのこと？」

「一年二カ月前です。収入は少なくなりましたけど、働き甲斐ははるかにあります。わたし、離婚歴があるんですよ。元夫はＩＴベンチャー企業の社員で、高額所得者でした。贅沢させてもらいましたが、心の充足感は得られませんでした。もともと価値観が違っていましたので、二年弱で離婚してしまったんです。ですけど、少しも後悔していません。あら、わたしったら、初対面の方にプライベートなことまで喋って……」

奈穂がしなやかな指で、自分の額を軽く叩いた。多門は頬を緩めた。

「話が脱線してしまいましたけど、これまでの報道で進藤が若者たちを使って募金詐欺をしていた疑いがありますよね。ですので、進藤が第三者に滝沢社長に密告電話をかけさせ、道玄坂のレンタルルームに……」

「滝沢さんを誘い込んで、殺害させた？」

「そういう推測はできるのではありませんか」

「ただ、腑に落ちない点があるな。進藤が募金詐欺を個人的なシノギにしてることはほぼ間違いないんだろう。しかし、そのことを餌にして当人が滝沢さんをおびき出すだろうか」

「そうおっしゃられると、なんだか自信が揺らぎます。別の人間が密告者は進藤だと思わせて、レンタルルームに誘い込んだのでしょうか」

「まだ何とも言えないな。捜査員たちと遣り取りしてるのは岩渕専務なのかな？」

「ええ、そうです。専務の話によりますと、渋谷署に置かれた捜査本部には大きな進展はないとのことでした」

「進藤のほかに故人を逆恨みしてそうな人間は？」

「社長が関わった巨額詐欺事件の被害者たちの一部はまだ全額返してもらっていませんので、加害者を赦す気にはならないかもしれません。ですけど、これまで少しずつ弁済しています。それなりの誠意は示してきたので、滝沢社長を亡き者にしたいと考える被害者はいないと思うのですけど」

「そうだろうね。会社の従業員たちの中で滝沢さんのことを快く思っていない者は？」

「ひとりもいないでしょうね。社長は社員に裏切られても見捨てることなく、更生させようと腐心していましたので」

「取引先と揉めたことは？」

「一度もありません」

奈穂が即座に答えた。

「滝沢さんは、会社の近くの賃貸マンションで独り暮らしをしてたんでしょ？」

「ええ、そうです。『三田レジデンス』の八〇八号室が自宅なんです。奥さまが急性心不全で他界してからは、ずっと独り住まいを……」

「岩渕さんか瀬戸さんのどちらかが、社長の自宅マンションの合鍵を預かってるんでしょ？」

「専務が預かっています」

「そうですか。通夜は明日なのかな」

「ええ、そうです。そして告別式は明後日になりますが、故人の遺志通り簡素な葬儀にしたいと専務が申しておりますので」

「滝沢さんには世話になりっ放しなんで、通夜と告別式の両方に列席するつもりだが、場合によってはどちらかだけになってしまうかもしれないな」

「あまり無理はなさらないでください。お引き止めして、ごめんなさい」

「いや、気にしなくていいんだ」

多門は応接ソファから立ち上がり、柩に一礼して社長室を出た。玄関口には受付案内係の金髪男が立っていた。

「わざわざ足を運んでいただいて、恐縮っす」

「間宮君だね。社長秘書の瀬戸さんがきみのことを教えてくれたんだ」

「そうっすか」

「誠忠会の進藤の舎弟だったんだって？」

「会長の盃を貰ったわけじゃないから、ちゃんとした舎弟だったわけじゃないっすよ」

「進藤とはどこで知り合ったんだい？」

「歌舞伎町のパチンコ屋っす。その店で進藤に声をかけられて、よく只酒を飲ませてもらったんすよ。一、二度、タクシー代を貰ったこともあったすね」

「面倒見てもらったんで、進藤にくっついて歩いてたんだ？」

「ええ。別に子分になったとは思ってなかったんすけど、進藤はおれを舎弟と見てたんでしょう。おれは堅気になりたかったんで、進藤から遠のいたんすよ。そしたら、あの男は五百万円の迷惑料を払えなんて言ってきたんす」

「で、きみは滝沢さんに泣きついたんだ？」

「そうっす。社長や会社の仲間が進藤を追っ払ってくれたんで、おれは助かりました。滝沢社長に恩返しもしないうちにこんなことになってしまって……」

間宮が涙声になった。多門は無言で間宮の肩を叩いて、『リスタート・コーポレーション』を辞去した。

ボルボを駐めた場所に急ぎ、運転席に入る。多門はロングピースに火を点け、深く喫い込んだ。生き返ったような心地だった。

短くなった煙草を灰皿の中に突っ込んだとき、スマートフォンに着信があった。発信者は昔の弟分の箱崎だった。

「おっと、いけねえ。また兄貴と言いそうになっちゃいました。行方をくらました誠忠会の進藤は昨夜(ゆうべ)、池袋(いけぶくろ)二丁目にある『エクスタシー+1(プラスワン)』というラブホテルに泊まったことがわかりました」

「野郎ひとりでラブホに泊まったって⁉」

「ええ。偽情報(ガセネタ)じゃありません。そのホテルは夫のDVに泣かされてる女、それからヤミ金の取り立て屋(キリトリ)に追われてる男なんかを匿(かくま)ってるそうなんです。夜逃げ屋の客などの一時避難所としても利用してるみたいですよ」

「箱崎、進藤はいまもそこに隠れてるのか?」

多門は問いかけた。

「残念ながら、進藤はそのラブホを出てしまいました。自分、偽電話をかけて進藤がまだホテルにいるかどうか確かめたんですよ」

「ホテルの従業員が嘘(うそ)をついたのかもしれないぞ」

「それも予想できたんで、おれ、池袋署の刑事に化けたんですよ。ホテルの者に進藤の人相を細かく教えたら、進藤はキャリーケースを引いて昼前に出ていったそうです。どこかおどおどしてる感じだったらしいんですよ」

「そうか。箱崎、誠忠会の連中が進藤を捜し回ってる気配は？」

「それはうかがえませんでした」

「進藤は結婚してるのか？」

「独身ですが、ずっとキャバ嬢や風俗嬢のヒモみたいなことをしてましたんで、彼女はいるでしょうね。北新宿二丁目の自宅マンションに行ってみたんですが、誰もいませんでした」

「進藤の家は賃貸マンションなんだろ？」

「そうです。成子坂交差点の近くにある『ウエストパレス』というマンションで、進藤の部屋は七〇一号室です」

「わかった」

「自分、少し張り込んでみましょうか」

「そっちにそこまでさせられない」

「多門さん、水臭いことを言わないでくださいよ。進藤は親しい女に頼んで、自分の部屋に必要な物を取りに行かせるかもしれないでしょ？　そうなら、その女を尾ければ、進藤の隠れてる場所はわかるんじゃないかな」

「それは、こっちがやるよ。箱崎、恩に着るよ」

「どういたしまして」

箱崎が通話を切り上げた。多門はスマートフォンをレザージャケットの内ポケットに戻し、ボルボを発進させた。

目的の賃貸マンションを探し当てたのは、およそ四十分後だった。車を『ウエストパレス』の生垣に寄せ、車を降りる。多門は周りに目をやった。組関係者らしき人影は見当たらない。

玄関はオートロックシステムにはなっていなかった。管理人室もない。

多門はエントランスロビーに入り、エレベーターで七階に上がった。七〇一号室はエレベーターホールのそばにあった。

多門は周囲に誰もいないことを確認してから、特殊万能鍵を使って進藤の部屋に忍び込んだ。

間取りは1LDKだった。多門は三十センチの靴を脱ぎ、両手に布手袋を嵌めた。

室内をくまなく検べたが、滝沢の死と結びつきがありそうな物は何もなかった。内職と関わりがあると思われる物品も目に留まらない。無駄骨を折ってしまった。

多門は長嘆息して、靴を履いた。そっと七〇一号室を出る。ドアをロックし終えたとき、エレベーターが上昇する音がした。

とっさに多門はエレベーターと反対の方向に進んだ。七〇三号室の先に死角になる所があった。多門はそこに身を潜めて、顔半分だけ通路側に突き出した。

エレベーターの函から現われたのは、四十代前半の女性だった。膨らんだショッピングカートを引いている。マンションの入居者だろう。

主婦らしき女性は七〇八号室に入った。多門はマンションに入る前、スマートフォンをマナーモードに切り替えてあった。

張り込み中に着信音が高く鳴ったら、何かと不都合だ。同じ場所に長いこと留まっていることも避けなければならない。

刑事や麻薬取締官たちも同じだろうが、張り込みは忍耐との闘いだ。マークした人物が動きだすのをじっと待つ。それが鉄則だ。

多門は張り込み場所を少しずつ変えながら、ひたすら待った。

しかし、進藤の自宅を訪れる者はいっこうに現われない。夕方まで粘って、『ウエストパレス』の外に出る。

多門はボルボの中で張り込むことにしたのだ。七〇一号室に誰かが入れば、電灯が点くだろう。多門はマイカーに乗り込むと、真っ先に紫煙をくゆらせはじめた。

肺まで喫い込むと、いつも多幸感に包まれる。とうにニコチン中毒者なのだろうが、端から禁煙する気はなかった。

喫煙が健康を害することは百も承知だ。禁煙すれば、数年は寿命が延びるかもしれない。そこまでして長生きしたいものか。

ストレスを溜めるぐらいなら、別に短命でもかまわない。人生は片道切符だ。できるだけ生と性を謳歌しなければ、生まれた意味がないではないか。

多門は高校生のころから、そう考えるようになった。

法律やモラルに囚われては、心から愉しめない。ルールを破ると、なぜだか快い背徳感を味わえる。不道徳は癖になる。

少年時代に芽生えたアナーキーな考えは、いまも変わっていない。

十代のころから非行を重ねてきた多門は暴れ者だが、決して弱い者いじめはしない。それどころか、無器用な生き方しかできない者たちを常に庇ってきた。

反対に救いようのない極悪人に対しては非情に徹している。まったく救いようのない悪人は何人か葬ってきた。そのことに特に罪悪感を覚えたことはない。

ただ、過去の犯罪で捕まりたくはなかった。検挙されたら、無期懲役どころか、死刑になるだろう。そうなったら、自ら人生に終止符を打つ覚悟はできている。生に見苦しく執着する気はなかった。

午後七時半を回っても、進藤の部屋は暗いままだった。

「きょうは張り込みを切り上げるか」

多門は声に出して呟き、坐り直した。ボルボのエンジンを始動させた直後、懐でスマートフォンが震動した。

多門はスマートフォンを摑み出した。

電話をかけてきたのは二神美咲だった。親しくしている女友達のひとりだ。美咲は二十七歳で、猫カフェを経営している。店は四谷三丁目の交差点の近くにあるが、新宿通りには面していない。一本奥に入った裏通りにあった。住宅付き店舗だ。

「いま美咲ちゃんに電話しようと思ってたんだよ」

「調子のいいことを言っちゃって。もう一カ月以上も連絡がなかったじゃないの」

「そうだったかな。半月前に電話した気がするが……」

「ね、近々、会えない？　伝えておかなければならないことがあるの」

美咲が沈んだ声で告げた。

「何かあったんだな。そうなんだろう？」

「電話やラインじゃ……」

「いま、青梅街道の成子坂下あたりにいるんだ。これから、美咲ちゃんの店に行くよ」

多門はせっかちに電話を切り、ボルボXC40を走らせはじめた。

二十分ほどで目的地に達した。四谷三丁目交差点の手前を左折すると、百数十メートル先の左側に猫カフェがある。

多門は車を店の少し先に駐め、美咲の店に入った。

客の姿はない。二十数匹の珍しい猫が自分のテリトリーで寛いでいる。美咲はカウンターのスツールに坐って、目で笑いかけてきた。

「余計なお世話だろうが、コロナのせいで売上げが下がりつづけてるんじゃないか。だとしても、店を畳むのは惜しいな。金なら、おれが何とかするよ。一千万円ぐらいあれば、ピンチを乗り切れそうかい？」

「そうじゃないのよ」

「いったいどうしたんだ？」

多門は、美咲の真横のスツールに腰かけた。

「ちょうど一年前に父が肺癌の手術をしたことは以前、話したよね」

「ああ。手術は成功して、親父さんは三カ月後には旅館の経営に復帰できたって喜んでたよな」

「そうだったんだけど、癌が食道と胃に転移したの。母も糖尿病でインスリン注射をうちながら、従業員たちと一緒に頑張ってるんだけど、長女のわたしが若女将として修業をしてくれるとありがたいと言ってきたのよ」

「二つ下の妹は獣医になって、横浜の動物病院で働いてるんだったな？」

「そうなの。下田で四番目に古い温泉旅館だから、父の代で潰すのは忍びないのよ。でね、猫カフェを畳んで、わたし、実家で女将修業をすることにしたの」

「そう決めたんなら、そうしたほうがいいな。月に一、二度は下田まで車を飛ばして美咲ちゃんに会いに行くよ」

「そうしてもらえると、嬉しいんだけど……」

　美咲が言い澱んだ。

「何か問題がある？」

「旅館の女将になるには、半端な気持ちでは修業に耐えられなくなるだろう。父はそう言って、二年間は一心不乱に頑張ってほしいと付け加えたの」

「そう」

「はっきりと口には出さなかったけど、恋愛にうつつを抜かしてる時間などないぞと匂わされたのよ。母も同調したわ」

「そうなのか」

「わたし、反発したのよ。そうしたら、父はそれだけの覚悟がなければ、とても若女将にはなれないと極めつけたの。それで、三代続いた温泉旅館を畳むと言いだしたのよ。父は真顔だったわ」

「大変な修業が必要なんだろうな」

「わたし、長女に生まれたことを恨めしく思ったわ。といって、代わりに妹の人生設計を変えさせるのは酷だと思う。妹は幼稚園児のころから獣医師に憧れて、将来は動物病院を経営することを夢見てたの。獣医にはなれたんだから、妹の夢は実現できるかもしれないでしょ？」

「そうだな」

多門はうなずいた。

「わたしは自分が何をしたいのかわからなくて、職をちょくちょく変えて挫折(ざせつ)の連続だった。猫カフェはブームに乗ったわけだけど、コロナ禍で経営は大変だったの」

「だろうな」

「多門さんにだいぶカンパしてもらったけど、将来、大きく飛躍することはないでしょうね。だから、修業に耐えて家業を守り抜く決意を固めたの」

「おれが美咲ちゃんの実家で板前の修業してもいいけど、この体格(ガタイ)だから、そっちのご両親は賛成してくれないだろうな。同僚や客をビビらせるような大男が板場(いたば)に入ったら、客足が遠のくんじゃないか」

「そんなことはないと思うけど、婚約してない彼氏を両親が迎え入れる気には……」

「ならないか。ま、当然だろうな。美咲ちゃんの決意が固まったんなら、こっちは身を引くしかない。辛いが、終わりにするか。けど、おれはいつでも美咲ちゃんの味方だよ。何かで困ったときは連絡してほしいな。それじゃ、元気でな」

「多門さんもね」

「いつかどこかで偶然に再会できるといいな」

「待って！　まだ帰らないでちょうだい。もう店を閉めるから、二階で惜別のお酒を飲みましょうよ」

「そんなことをしたら、よけい別れが辛くなりそうだな」

「何か強烈な思い出がほしいの。お願いだから、協力して……」

美咲がスツールから滑り降り、店のシャッターを手早く引き下げた。二階は美咲の居住スペースになっていた。２ＤＫだ。奥の洋室にはダブルベッドが据えてある。その上で、何度も二人は肌を重ねてきた。

美咲の思い出づくりには協力すべきだろう。多門は決意を固めた。

2

猛烈に眠い。

生欠伸が止まらなかった。瞼が重ったるい。明らかに寝不足だった。

多門は自宅マンションのダイニングテーブルに向かって、ブラックのコーヒーを飲んでいた。それでも、眠気は飛ばなかった。

二神美咲の店舗付き住宅から自分の塒に戻ったのは今朝九時前だった。

朝陽が昇るまで、多門は休み休み美咲を幾度も抱いた。美咲は乱れに乱れ、何度も極みに達した。

そのつど、愉悦の声を発した。裸身の震えはリズミカルだった。

二人はワインを飲んでから浴室で戯れた後、ベッドの上で烈しく肌を求め合った。多門はフィンガーテクニックを駆使するだけではなく、美咲の全身に口唇を滑らせた。

美咲は大胆に応えた。積極的に多門の上に跨がり、腰を妖しくくねらせた。オーラルプレイにも熱を入れた。最後の情事になるからだろう。

二人は三度も交わった。濃密な秘め事が終わると、美咲はそのまま寝入った。疲れ果ててしまったのだろう。

多門はそっとダブルベッドから離れ、身繕いをした。隣の和室の座卓に短い走り書きを残し、忍び足で階下に降りる。メモには『いい思い出をありがとう』とだけ記した。二年そこそこのつき合いだったが、美咲には感謝しかない。

多門はシャッターの潜り戸を抜け、静かに外に出た。

朝の陽光が眩い。多門は両目を細めながら、ボルボに乗り込んだ。代官山の自宅に帰っても、わざとシャワーを浴びなかった。もう少し美咲の肌の匂いをまとわりつかせたままでいたかったのだ。

多門はパジャマに着替えると、特大ベッドに横たわった。オーダー品だった。

しかし、頭の芯が冴えて午前十一時近くまで眠れなかった。廃品回収車のスピーカーの音声で起こされたのは、いまから二十数分前だ。

多門は寝室からダイニングキッチンに移り、真っ先にコーヒーを淹れた。二杯目のコーヒーを飲んでから、ゆったりと湯船に浸る。

多門は風呂から出ると、冷凍ピザを温めた。

美咲のことが頭から離れない。できることなら、彼女と遠距離恋愛をしたかった。そうしたら、美咲は若女将修業に専念できなくなるかもしれない。それは罪つくりだろう。

多門は多情な自分を呪った。

十数人の女友達をひとりに絞れないのは、それぞれに魅力があるせいだ。男特有の身勝手な発想だが、すべての女友達を失いたくなかった。彼女たちの存在が活力源になっていた。

世間的には、ただの女たらしと映っているだろう。しかし、親密な関係になった女友達を弄んでいるわけではない。それどころか、全身全霊で尽くしているつもりだ。

自己弁護と思われそうだが、そのことは嘘ではない。最も大切な女性を選ぶことができないので、多門はどの女友達にも結婚を仄めかしたことはない。それが自分なりの誠意だ。

多門はピザを頰張りながら、美咲が若女将になれることを祈った。すぐに未練は消えないだろうが、自分の道を歩ませてあげるべきではないか。

食後の一服をしていると、スマートフォンに着信があった。多門はダイニングテーブルの上に置いてあったスマートフォンを摑み上げた。発信者は田上組の箱崎だった。

「多門さん、進藤のマンションを訪ねた者はいませんでした？」

「そうか。それは残念だな。きのうの午後七時半くらいまで『ウエストパレス』のそばで張り込んでみたんだが……」

「そうだったんですか。その後、誠忠会の連中が密(ひそ)かに進藤を追ってることがわかりました。進藤はいろんな内職をやって、だいぶ銭(ぜに)を溜め込んでたんじゃないかな」

「個人的なシノギをやってた進藤を誠忠会が捜しはじめたんなら、単にヤキを入れるのが目的じゃなさそうだな」

「進藤は誠忠会が隠し持ってた銃器類か薬物を盗(ギ)ったんですかね」

「そうかもしれないし、新たな非合法ビジネスの証拠の類(たぐい)をかっぱらったとも考えられるな」

「あっ、そうですね」

「進藤の愛人(レコ)に関する新情報は？」

「進藤は女を取っ替え引っ替えしてたんで、いま現在の彼女がどこの誰なのかわからないんですよ。棄(す)てられた女たちの名前や勤め先は調べ上げたんですが、どの娘(こ)も進藤とは別れてから一度も会ってないそうです」

箱崎が答えた。

「そうか。後はおれが調べるよ」

「あまりお役に立てなくて、すみません！」

「気にするな」

「何かわかったら、また連絡します」

「箱崎、無理しなくてもいいんだぞ」

多門は電話を切って、椅子から立ち上がった。

使った皿やフォークをシンクに運び、手早く洗った。マグカップもきれいにして、ダイニングテーブルを拭く。

多門は寝室に移り、外出の支度をした。部屋を出て、エレベーターで地下駐車場に降りる。多門はボルボで進藤の自宅マンションに向かった。あいにく道路は渋滞していた。

『ウエストパレス』に着いたのは、およそ五十分後だった。

多門は前夜と同じ路上に駐めた。

ごく自然に運転席を出て、『ウエストパレス』に入る。多門は七階に上がった。七〇一号室のドアに耳を寄せる。

室内は静まり返っていた。人のいる気配は伝わってこない。多門は体を反転させ、エレベーターで一階まで下降した。

ボルボの中に入り、ロングピースを口にくわえる。

進藤の知り合いが七〇一号室を訪れるという保証はない。しかし、張り込んでみる価値はあるのではないか。

ボルボの数十メートル後ろにツートンカラーのキャンバスが停止したのは、午後四時二十分ごろだった。

多門はルームミラーに目をやった。ダイハツの人気車の運転席から降りたのは、けばけばしい化粧をした二十一、二歳の娘だった。空の黒いリュックサックを手にして、ボルボの横を通り抜ける。

進藤の知り合いだろう。

多門は、そう直感した。派手な身なりの女は『ウエストパレス』のエントランスホールに足を踏み入れた。

多門は静かにボルボから出て、『ウエストパレス』の前まで進んだ。集合郵便受けの陰から、エレベーター乗り場を覗く。

女は函に乗り込んだ。多門はエントランスホールに駆け込んで、階数表示盤を仰いだ。

七階のランプが灯った。多門はほくそ笑んだ。数分経ってから、エレベーターの函に入る。

多門は七階で降り、七〇一号室の玄関ドアに耳を押し当てた。

室内で人が動いている気配が伝わってくる。厚化粧の女が何か必要な物を掻き集めているのだろう。

多門は刑事の振りをして、七〇一号室に躍り込みたい衝動に駆られた。だが、すぐに思い留まった。

相手が大声で叫ぶかもしれない。急いては事を仕損じる。多門は自分を窘め、七〇一号室から離れた。ボルボの運転席に戻って、時間を遣り過ごす。

女が『ウエストパレス』から出てきたのは数十分後だった。膨らんだ黒いリュックサックを背負っている。

メイクの濃い女はボルボの脇を通り過ぎ、ツートンカラーの車のドアを開けた。重そうなリュックサックを背から下ろして、後部座席に置く。それから、彼女は運転席に坐った。

多門はキャンバスが遠ざかってから、ボルボを走らせはじめた。

一定の車間距離を保ちながら、ツートンカラーの車を尾行する。キャンバスは割に目立つ。見失う心配はなさそうだ。

マークした車はすぐに青梅街道に出て、立川方面に向かった。そのまま道なりに進み、青梅市に達した。

行く先の見当はつかなかった。

多門は追尾しつづけた。若い女性に人気のあるキャンバスは青梅市立美術館の先の交差点を左に折れ、多摩川に架かる万年橋を渡って畑中という地域に入った。

多門はキャンバスを追った。ツートンカラーの車は数キロ走り、古民家めいた家屋の広い敷地に入っていった。

多門はボルボを家屋の少し手前に駐め、門に近づいた。字のぼやけた表札が掲げられている。村岡と読み取れた。進藤の実家ではなさそうだ。知人宅に潜伏しているのか。

防犯カメラは目に留まらない。広い前庭にキャンバスが駐めてある。女の姿は見当たらなかった。

古民家風の建物の中に進藤がいるのかは、まだわからない。それをまず確認しなければならない。

両隣の民家はだいぶ離れている。多門は堂々と他人の家の敷地に入り、庭木伝いに古民家風の家屋に接近した。平屋だ。夕闇が漂いはじめていた。

多門は窓を一つずつ覗き込んだ。

土間の向こうの広い和室に三十代後半の男が突っ立っている。よく見ると、誠忠会の進藤正人だった。

進藤の前には、派手な印象を与える女が坐っていた。女坐りだった。彼女の真横には、黒いリュックサックが置かれていた。畳はすっかり色褪せている。空き家なのか。

「ここは、おふくろの実家なんだよ」

「そうなの。ずっと空き家だったみたいね」

「おれのばあさんは五年以上も前に死んだんだが、誰も住む者がいなくなってな。だから、買い手が見つかるまで、おれのおふくろが実家を管理してるんだ」

「そうなの」

「リカ、ご苦労さんだったな。キャッシュカード、ちゃんと冷蔵庫に入ってたろ？」

「うん、入ってた。それから、当座の衣類もリュックに詰めてきたよ」

「サンキュー！　『ウエストパレス』の周りに誠忠会の者はうろついてなかったか？」

　進藤がリカに訊いた。

「多分、いなかったと思う。気になる人影は目につかなかったんで」

「そうか」

「ねえ、募金詐欺で千数百万稼いだだけじゃなく、ほかに個人的なシノギもやってたんじゃない？　だから、会の人たちの動きが気になるんでしょ？」

「そんなこと、どうでもいいじゃねえか。リカの赤い唇を見たら、もう待ったが利かなくなっちまったよ。リカ、くわえてくれ」

「リュックの中身を先にチェックしてよ」

リカが黒いリュックサックを指さした。

それを無視して、進藤はカーキ色のチノクロスパンツのファスナーを引き下げた。リカの頭を引き寄せ、反(そ)り返ったペニスを口の中に突っ込む。

リカは苦しげに呻(うめ)いたが、抗(あらが)わなかった。目をつぶって、舌技(ぜつぎ)を施(ほどこ)しはじめた。

「うーっ、たまらねえ」

進藤はリカの頭を両手で抱き込み、自(みずか)ら抽送(ちゅうそう)しだした。いわゆるイラマチオだ。フェラチオの逆バージョンである。女性は息苦しさに耐えなければならない。

やがて、進藤は果てた。

リカは精液を飲み干し、舌の先で鈴口の滴(しずく)を舐(な)め取った。進藤は満足げに頬(ほお)を緩(ゆる)めて、萎(な)えた性器をトランクスの中に戻した。

「後(あと)でたっぷり返礼するよ」

「うん、そうして。それにしても、いい隠れ家(が)があったね」

リカが言いながら、黒いリュックサックの口を開けた。進藤が畳に胡坐(あぐら)をかいて、中身を検(あらた)めはじめた。

多門は玄関に回り込んで、勝手に上がり込んだ。土足のままで座敷に向かう。

「てめえ、なんだよっ」

進藤が驚き、立ち上がりざまにロングフックを放った。

多門はパンチを躱し、進藤に組みついて体落としを掛けた。進藤は仰向けに引っくり返った。すかさず多門は大きな膝頭で進藤の腹部を押さえながら、顎の関節を外した。

進藤は涎を垂らしつつ、変色した畳の上をのたうち回った。目を白黒させている。

「おたく、誠忠会の人なの？」

リカが立ち上がって、震えた声で問いかけてきた。

「そうじゃない。進藤に確かめたいことがあるだけだ。そっちは進藤の彼女なんだろ？」

「うん。笹塚リカって名よ。元レースクイーンのキャバ嬢なんだ」

「組員とつき合っても、あんまりいいことはないぞ」

「そうかもしれないね。でも、進藤さんは店の太客になってくれたから、ホテルに行っちゃったわけ。セックスの相性がいいんで、彼女になったのよ」

「もっと自分を大事にしなって」

「なんだか先公みたい」

「説教は似合わねえかな。畳に這いつくばって、おとなしくしててほしいんだ」

「うん、わかったわ。おたくを怒らせたら、大怪我させられそうだから、言われた通りにするわよ」

「きみは、進藤が会に内緒で内職してることは知ってるようだな」

多門は言った。リカがうなずいて、腹這いになる。

「募金詐欺のほかに知ってる内職は？」

「ほかにも何かやってそうだけど、具体的には知らないのよ」

「目をつぶってたほうがいいだろう」

多門はリカに言って、進藤の脇腹をたてつづけに五度蹴った。

進藤は体を丸めて、転げ回った。口から血が垂れている。息も絶え絶えだ。多門は片方の膝を畳に落とし、進藤の顎の関節を元の位置に戻した。

進藤が長く息を吐き、痛みを訴えた。

「救急車を呼んでくれねえか。内臓が破裂してるかもしれねえんだ」

「それだけ喋れれば、腸はどれも破けてないよ。それより、募金詐欺をやったことは認めるなっ」

「そ、それは……」

「もう観念しろ！　それとも、おれに蹴り殺されてもいいのかっ」

「もう蹴らねえでくれ。募金詐欺の件は認めるよ」

「おめえは滝沢修司を逆恨みしてた。それで、滝沢さんに密告電話をかけて、次の日の夕方、道玄坂のレンタルルームに誘い込んで、誰かに始末させたんじゃないのかっ。実行犯は殺し屋かい？」

「密告電話って、何なんだよ⁉　おれ、滝沢に電話なんかしてないぜ。誰かに電話をかけさせたこともないって」

「密告電話の内容は、おめえが学生っぽい若い男たちに募金詐欺をやらせてる疑いがあるというタレ込みだったんだよ」

「滝沢を殺してやりてえと思ってたけど、あの男の事件には関わってねえよ。本当に本当なんだ」

「殺し屋(プロ)を雇ったこともないか？」

多門は問いかけた。

「もちろん、ないよ。どこかの誰かが、おれを陥(おとし)いれようとしたんだろうな。くそっ、ぶっ殺してやる！」

「誰がおめえに濡衣(ぬれぎぬ)を着せようとしたと思う？」

「わからねえよ。とにかく、おれは滝沢におかしな電話なんかかけてねえ。それだけは信じてくれないか」

進藤が言った。哀願口調だった。

「チンケな詐欺を働くような奴の言葉を鵜呑(うの)みにはできない」

「募金詐欺の件で、おれを警察(サツ)に売る気なのか⁉」

「雑魚(ざこ)が大物ぶるな！　もう少し様子を見てやるよ」

多門は進藤の側頭を蹴りつけてから、玄関に足を向けた。

心証はシロだったが、まだ進藤が嘘をついていると疑えなくもない。多門は三田に急ぎ、滝沢の通夜に列席するつもりだった。

3

大きな花束を腕に抱える。

途中の花屋で買い求めた献花だ。片手では抱えきれない。多門は両腕で花束を抱えて、『リスタート・コーポレーション』の敷地に足を踏み入れた。

社屋から流れてくるのは、読経の声ではなかった。ビートルズの『レット・イット・ビー』だった。故人が愛聴していたナンバーだ。服役中、滝沢修司はよく口ずさんでいた。

社屋の玄関前に設けられた受付に間宮勉の姿が見えた。金髪は黒く変わっている。

「僧侶はまだ来てないのか？」

多門は間宮に訊いた。

「いや、坊主は来ないっす。滝沢社長は無宗教だったんで、仏式の葬儀はやらないことにしたらしいんすよ。社長は岩渕専務に戒名も墓もいらないと言ってたみたいなんす」

「そうか。考えてみれば、仏教徒でないのに、葬式を仏式でやるのは変だよな」

「そうっすよね。社長は散骨をしてほしいと生前、専務に言ってたらしいんすよ」

「そうなのか」

「柩は社長室から事務フロアに移したんす。社長室はちょっと狭いっすからね」

「葬儀社の人間が見当たらないようだが……」

「簡素な祭壇だけをセッティングして、白けた表情で帰りました。商売にならないと思ったんじゃないっすか」

「ああ、おそらくな。明日の告別式は何時からなんだ？」

「午後一時からっすけど、やっぱり坊さんは来ません。弔問客にそれぞれ献花してもらって、ボブ・ディランの『風に吹かれて』を葬送曲にするみたいっすよ」

「その曲も、故人はよく口ずさんでた」

「そうっすか。進藤は社長を刺し殺した犯人を手引きしたんすかね」

間宮が問いかけてきた。

「そうじゃないと進藤は言ってたがな」

「あいつを締めたんすね？」

「詳しいことは話せないが、進藤は自分は滝沢さんの死には関与してないと言い張ったよ」

「そうっすか。けど、進藤は社長に募金詐欺のことを知られたんすよね」

「そうなんだろうが、滝沢さんは事件前日に進藤の募金詐欺のことを知ったと思われる」

「けど、おれの件で進藤は滝沢社長を逆恨みしてたんすよ。あの男が誰かに社長を殺らせた疑いはあると思うな。進藤は募金詐欺のほかに何か危いことをしてたようっすから。みかじめ料を二度取りするような奴っすから、いろいろ悪さをしてたにちがいないっすよ」

「考えられるな」

「進藤はある時期、歌舞伎町二丁目の『ヴィーナス』というキャバクラに通って、一回数十万も遣ってたようっすよ。ナンバーワンの娘に入れ揚げてたみたいだな」

「そのキャバ嬢は笹塚リカって娘じゃないか。源氏名か本名かはわからないが……」

「ナンバーワンの名前までは知りませんけど、そのキャバ嬢なら、進藤が裏でやってる悪事におおよそ見当がついてるんじゃないっすかね」

「そうかもしれないな。ちょっと献花してくる」

多門は間宮に言って、事務フロアに進んだ。

ほぼ中央の壁面に六枚のパネル写真が飾られ、柩は花に囲まれている。祭壇の前には献花台が置かれ、供物も見えた。焼香炉はどこにも見当たらない。

弔問客は、横一列に置かれたパイプ椅子に腰かけている。四列だった。

前列中央には、黒い礼服に身を包んだ伝説の元相場師の芝山善行が坐っている。老資産家は瞼を閉じたまま、ほとんど身じろぎもしない。

後列には『リスタート・コーポレーション』の従業員らしき男女が並んでいた。一様に沈痛な面持ちだ。頼りにしていた滝沢が亡くなったことでショックを受け、悲しみに打ちひしがれているのだろう。

多門は弔い客に黙礼してから、献花台に歩み寄った。

遺影を一つずつ眺め、深々と頭を垂れる。多門は大きな花束を献花台に置いて、改めて遺影を見上げた。どの写真も、にこやかに笑っている。その笑顔が悲しみを誘う。

多門はうっかり両手を合わせそうになった。合掌は仏教と結びつきがある。多門は慌てて一礼し、列席者にも黙礼した。

献花台を離れると、黒いフォーマルスーツ姿の瀬戸奈穂が近づいてきた。

多門は型通りの挨拶をした。

「このたびは突然のことで……」

「きょうは恐縮です。仏式の通夜でないので、驚かれたでしょう？」

「ちょっとね。しかし、故人は無宗教だったんだから、形式に捉われないほうがいいんじゃないかな」

「わたしも岩渕専務も故人の気持ちを尊重すべきだと考えていましたので、こうした通夜になったわけです。故人は仏教徒ではありませんでしたので、通夜という言葉を使うのはおかしいと思いますけどね」

「哀惜の弔いということになるんだろうが、それぞれが故人を思い思いに偲ぶことが大事

「ええ、そうですよね。仏式ではありませんので、精進落としとは呼びませんけど、社長室にお料理とお酒を用意してあります。立食式ですけど、どうぞ奥に……」

「それより、専務の岩渕さんにお目にかかりたいんですよ。紹介してもらえないだろうか」

「専務は社長室で弔問客に対応しています」

美人秘書が案内に立った。多門は奈穂に従った。

社長室にはワゴンが六台ほど並び、料理と飲み物が載っている。岩渕専務は年配の弔い客と話し込んでいた。押し出しがよく、とても四十代前半には見えない。

「話が途切れたら、専務をご紹介します。多門さんは車でこちらに？」

「そう」

「それでしたら、ノンアルコールビールとオードブルをお持ちしますね」

奈穂がそう言い、ワゴンに足を向けた。

多門はたたずんだまま、数人の弔問客をぼんやりと眺めた。彼らは前科者の更生に力を注いだ故人を称えていた。

少し待つと、美しい秘書が戻ってきた。多門は缶入りのノンアルコールビールとオードブル皿を受け取った。オードブルはローストビーフ、チーズ、海鮮サラダだった。

なんだろう」

「ささやかなオードブルで、ごめんなさいね」

「充分ですよ。懐に香典が入ってるんだが、瀬戸さんに渡せばいいのかな」

「故人はお香料や供物を固辞（こじ）するようにと生前、専務に伝えていたらしいんですよ。ですので、せっかくですけど……」

「そういうことなら、強引に受け取ってもらうわけにはいかないか」

多門はノンアルコールのタブを引いて、ひと口飲んだ。ビール風味だが、本物とは明らかに違う。あまりうまくなかったが、多門は喉を潤（うるお）してオードブルを平らげた。

そのとき、岩渕専務が先客と別れの挨拶を交わした。すかさず奈穂が小声で岩渕を呼んだ。

「もしかしたら、あなたは多門剛さんではありませんか？」

岩渕がそう問いながら、歩み寄ってきた。

多門は自己紹介して、肩書のない名刺を差し出した。すぐに岩渕専務が名刺入れを取り出す。

「わたし、芝山さまの様子を見てきます。ステッキを使っても、椅子から立ち上がれないようなので」

美しい秘書が岩渕に断って、事務フロアに向かった。

岩渕に促されて、多門は隅に置かれた椅子（いす）に腰かけた。専務が斜（なな）めの椅子にどっかと坐る。

「うちの社長とは、府中の雑居房で同室だったそうですね」

「ええ。滝沢さんは、こちらが同室者と揉めるたびに仲裁に入ってくれたんですよ。短気なもんで、誰かが止めに入ってくれなかったら、相手を半殺しにしてたでしょう。そうったら、仮出所の日は必ず延期されます。だから、滝沢さんは恩人だったんですよ」

「故人は、あなたのことを〝俠気のある無頼漢〟と呼んで、よく話題にしていました。あなたが堅気になったと風の便りで知ったときは嬉しくて、ひとりで祝い酒を飲んだそうです」

「滝沢さんは、危なっかしい生き方をしてるこっちの行く末を心配してくれてたんだろうな。もう遅いが、もっと会っとくべきだった。そのことが悔まれますね」

「瀬戸から聞いたのですが、あなたは個人的に社長の事件を調べてくださっているとか?」

「ええ、まあ。素人探偵ですんで、犯人を割り出せるかどうかわかりませんがね」

「従業員の間宮は自分のことで誠忠会の進藤って男が誰かに……」

「滝沢さんを葬らせた?」

「わたしだけではなく、秘書の瀬戸、間宮もそう推測したんですよ。社長と進藤は敵対関係にあったわけですので」

「そうなんですが、進藤は滝沢さんの死には関わっていないようなんです。実は、青梅にある母親の実家に隠れてた進藤を少し痛めつけたんですよ。進藤はシロだと言い張りました。あの男を信じたわけではありませんが、滝沢さんを殺害する動機はあまり濃くないようなんですよね」

「そうでしょうか。社長は密告電話の真偽を確かめに行って、進藤が若者たちを使って募金詐欺をやってる証拠をほぼ押さえたんじゃないですか。それで進藤は道玄坂のレンタルルームに滝沢を誘い込んで、誰か実行犯に刃物で刺し殺させたんでしょう。進藤は捜査本部が自分を怪しむと思って、逃げたんじゃないのかな」

「警察はどう筋を読んでるんだろうか」

「進藤をマークする気でいたようですが、その前に逃げられたんでしょう。あなたを咎める気はありませんが、どうして進藤を引き渡してくれなかったんです」

　専務が残念がった。

「故意に進藤を泳がせたんですよ」

「なぜ、そんなことをしたんです⁉」

「滝沢さんが募金詐欺のことを知ったのは、事件前日の夕方だと思われます。翌日、滝沢さんはレンタルルームで何者かに刺殺されました」

「募金箱を抱えてた若者が滝沢社長に怪しまれてると感じて、雇い主の進藤にそのことを教えたんじゃないだろうか。それで、進藤は間宮のことで揉めてた滝沢を第三者に始末させたのかもしれませんよ。刑事さんたちの話だと、実行犯は進藤を逃がしてから、凶行に及んだようですのでね」

「果たして、そうだったのか。進藤は正体不明の犯人とは何の繋がりもなく、単に居合わせた進藤をレンタルルームから追い出した後、滝沢さんを殺害したとも考えられますでしょ？」

「あなたの推測が正しいとしたら、滝沢は進藤とは別の者の犯罪の証拠を握ってたと考えられるな」

「秘書の瀬戸さんから聞いたんですが、岩渕さんは滝沢さんの自宅マンションの合鍵を預かってるそうですね？」

「ええ」

「故人の自宅マンションに事件を解く手がかりがあるかもしれません。岩渕さんに立ち会ってもらって結構ですんで、一度、社長の自宅を検べさせてもらいたいな」

「協力したいのですが、今夜は取り込んでますのでね。火葬が済んでからなら、故人の自宅マンションにお連れしますよ」

「わかりました。その節はよろしくお願いします」

多門は頭を下げた。

その直後だった。事務フロアで男の泣き声が高く響いた。岩渕専務が弾かれたように椅子から立ち上がった。多門は専務につづいて、事務フロアに移った。

献花台の片側が右手前に大きく引かれ、柩を両腕で抱えて号泣している男がいた。顔はよく見えないが、もう若くはない。五十代半ばだろうか。

「どなたなんです？」

多門は、かたわらにいる岩渕に訊いた。

「滝沢社長の幼馴染みの元キャリア官僚ですよ」

「そんなエリートが幼馴染みなのか。あの方のお名前は？」

「田所淳さんです。法務省の元事務次官で、いまは特殊法人に天下って理事を務めているはずです。社長よりも二つ年上だという話でしたから、田所さんは五十五歳でしょう。多門さんは、社長が親族から縁を切られたことはご存じですよね」

「ええ」

「そんな社長を不憫に思ったのか、出所してからつき合いが復活したそうです。田所家は三十五年以上も前に世田谷区から大田区に引っ越したんで、長いこと疎遠だったらしいんですがね」

「そうですか」

「田所さんは『雑草塾』のよき理解者で、何回か百万円ずつカンパしてくれたんですよ」

岩渕が言って、口を結んだ。

「修司君、順番が違うじゃないか。きみは、わたしより二つも若い。それなのに、先に死ぬなんて……」

田所が拳で柩を打ち据えながら、涙声で喚いた。居合わせた弔い客たちが困惑顔になる。

芝山に寄り添っていた瀬戸奈穂が椅子から立ち上がり、祭壇に走り寄った。男泣きに泣いている田所を穏やかに柩から引き剝がし、社長室に導いた。

三人の従業員が手早く献花台の位置を直し、床に落ちた花束を拾い上げた。女性二人で、男性がひとりだった。三人は何事もなかったような表情で、後列の席に着いた。

「故人の躾がよかったんでしょう。さっきの三人は、もう人の道を踏み外したりしないんじゃないのかな」

「多分、大丈夫でしょう。すみません、田所さんのことが気になるので、ちょっと失礼しますね」

岩渕が断って、社長室に走り入った。

多門は、滝沢に三億円を無担保で貸した老資産家に話を聞きたかったが、いまは遠慮すべきだろう。芝山は憔悴した様子で椅子の背凭れに寄りかかっていた。

多門は日を改めることにした。笹塚リカは『ヴィーナス』に出勤しているだろうか。無駄になるかもしれないが、行ってみることにした。

多門は先客に一礼してから、『リスタート・コーポレーション』の社屋を出た。

ボルボに乗り込んで、新宿に向かう。間もなく午後八時半だ。

四十分弱で、歌舞伎町二丁目に達した。

『ヴィーナス』は、新宿区役所通りに面した白い飲食店ビルの三階にあった。風林会館の近くだった。

多門はボルボを路上に駐め、純白の飲食店ビルの三階に上がった。

『ヴィーナス』に足を踏み入れると、黒服の若い男が現われた。多門は偽の警察手帳を短く見せた。

「警視庁の者だが、店長を呼んできてくれないか」

「はい、すぐに」

黒服の男は店の奥に走った。

少し待つと、茶系のスーツを着た四十代と思われる男が足早に近づいてきた。

「店長の岡部です。あっ、おたくは以前、田上組にいらした多門さんでしょ？」

「そうだ。ちょっとした事情があったんで、刑事に化けたんだよ。この店のナンバーワンは笹塚リカって娘だな」

「ええ、そうです。リカは本名をそのまま源氏名に使ってるんですよ。そういうケースは珍しいんですが、本名を隠すのはこそこそしてるようだから、好きじゃないと……」

「そうか」

「リカが何かまずいことをしたんですか？」

「そうじゃないんだ。ちょっと確かめたいことがあるだけだよ。リカって娘は店を休んでるのかな？」

「いいえ、いつも通りに店に出ています。リカを呼びましょうか？」

「そうしてくれないか。この店の前で待ってるよ」

多門は店長の岡部に言って、『ヴィーナス』を出た。通路に立ち、少し待つ。二分も経たないうちに、カラフルなドレスをまとったリカが姿を見せた。彼女は店に逃げ込むような動きを見せた。

「女に荒っぽいことはしないよ」

「ほんとね？」

「ああ。おれが引き揚げた後、進藤は救急車を呼んだのか？」

「ううん。口の中を切っただけで、内臓は破裂してなかったんでね。わたし、心配だったんで、きょうは店を休むつもりだったの。でも、彼が大丈夫だって言うから、こっちに戻ってきたのよ」

「きみは進藤が募金詐欺のほかに危い内職をしてるんじゃないかと疑ってたよな？」

「う、うん」

「そう思った理由(わけ)？」

「彼の自宅マンションの収納スペースの奥に帯封の掛かった百万円の束(たば)が十束、黄色いごみ袋に入ってたのよ。そのお金のことを訊きそびれてるうちに、札束はそっくり消えちゃったの。進藤さんは、誠忠会が下部組織(エダ)から吸い上げてる上納金集めをやらされてたのよ。彼、魔が差して、その上納金をネコババしちゃったんじゃないのかな」

「進藤は金を欲(ほ)しがってたのか？」

多門は問いかけた。

「そうなの。そのうちに、飲食店の経営をしたいと言ってたわ。開業資金が必要なんで、募金詐欺だけじゃなく、上納金の一部を横奪(ど)りしたのかもね。それだから、誠忠会の連中に追われることになったんじゃない？」

「そうなんだろうか」

「そのことを裏づけるようなことがあったの。初めての客がわたしを指名したんだけど、接客中ずっと折り畳式のナイフをちらつかせて、進藤さんの潜伏先を教えろと脅(おど)しをかけてきたのよ」

「そいつは名乗ったのかな？」

「誠忠会の中村(なかむら)と言ってたわ。遊び人っぽかったけど、やくざ者じゃなさそうだったな。

もしかしたら、半グレかもね」

「きみは刃物で威されたんで、進藤が母親の実家に身を潜めてることを喋ったんじゃないのか？」

「わたし、進藤さんを売ったりしないわ。知らないの一点張りで通した。で、自称中村が怪しいと思ったから、スマホで進藤さんに報告しといたの」

「きみの彼氏は、どう反応した？」

「平然としてたわ。わたし、隠れ家を変えたほうがいいって言ったの。そうしたら、考えてみると答えたわ。だけど、彼が別の隠れ家に移るかどうか……」

リカが口を閉じた。

「仕事の邪魔をしたな。もう店に戻ってもいいよ」

「おたく、すごく強そうだわ。進藤さんのボディーガードになってくれない？　謝礼は、わたしがちゃんと払うから」

「せっかくだが、協力できないな。それじゃ！」

多門は大きな片手を掲げ、エレベーター乗り場に足を向けた。

4

いよいよ出棺だ。

黒塗りの霊柩車がホーンを鳴らしてから、静かに『リスタート・コーポレーション』の社屋を離れた。どこかで、ボブ・ディランの『風に吹かれて』が響いている。葬送曲だろう。

沿道に立った多門は、遠ざかる霊柩車に深く頭を下げた。会社の従業員たちも涙を堪えながら、両手を合わせている。

「社長、ありがとう！」

間宮勉が叫びながら、走る霊柩車を追いはじめた。

亡骸と一緒に火葬場に向かったのは、老資産家の芝山、岩渕専務、瀬戸奈穂、田所だけだった。全員、後続のマイクロバスに乗り込んでいた。

多門は社屋に入り、事務フロアに向かった。

女性従業員が献花台に置いたCDプレイヤーを操作中だった。すぐにジョン・レノンの『イマジン』が流れはじめた。

「滝沢さんは、この曲も好きだったよな」

多門は、二十四、五歳の女性従業員に話しかけた。

「そうでしたね。社員慰労会が終わってから、カラオケでよく歌っていました。割にうまいんですよ」

「おれは府中刑務所の雑居房で故人と一緒に寝起きしてたんだ」

「罪名は何だったんですか？」

「傷害だよ。きみも犯歴があるのかい？」

「ええ。放火未遂で検挙られて、栃木女子刑務所で二年ほど服役しました」

「そうなのか。火を点けようとしたのは？」

「不倫関係にあった男の自宅です。そいつはファミレスの店長で妻子持ちだったんですけど、アルバイトをしてたわたしに甘い言葉を囁いて……」

「そのうち必ず離婚するからと言ったんだろうな」

「ええ、そうなんです。それだから、後ろめたさを感じつつも店長と深い仲になってしまったんですよ。けど、相手はわたしを遊びの対象と思ってるだけだったんです」

相手の語尾がくぐもった。

「それで、相手の男の自宅に火を放とうとしたんだ？」

「はい、そうです。でも、建物に火を点けることはできませんでした。子供の自転車と植木に灯油を振りかけて、燃やしただけなんです」

「放火は重罪だから、未遂でも二年の服役を科せられたんだろう」

「ええ、そうですね。出所したのは八カ月前なんですけど、滝沢社長がわざわざ手紙をくださって、『リスタート・コーポレーション』で働かないかと誘ってくれたんですよ。社長は自分の犯歴を明かして、更生の後押しもしたいと……」

「滝沢さんはすっかり心を入れ替えたんで、人生で躓いた男女を本気で支えてたんだろうな」

「ええ、そうだったんだと思います。社長も犯歴がありますけど、いまは真人間だったんです。そんな社長を刺し殺すなんて、ひどすぎますっ。ええ、惨いわ」

「必ず犯人は捕まるさ」

多門は女性従業員に言って、大股で表に出た。奥の駐車スペースまで歩き、自分のボルボXC40の運転席に乗り込む。

多門は例によって、ロングピースをくわえた。いつからか、車の中が喫煙所化してしまった。窮屈な社会になったものだ。健康も大事だが、愛煙家を目の仇にするのはいかがなものだろうか。

短くなった煙草を灰皿に捨てたとき、多門の懐でスマートフォンが震えた。手早くスマートフォンを取り出す。発信者は杉浦だった。

「クマ、もう知ってるよな？」

「えっ、なんのこと？」

「まだ知らなかったか。誠忠会の進藤が死んだぜ」

「い、いつ？」

多門は驚きを込めて問いかけた。

「立川市郊外の雑木林で死体が発見されたのは、きょうの午前十時過ぎだ。発見されたとき、進藤は樫の太い枝からぶら下がってたらしい」

「進藤は首を吊ったのか」

「いや、自殺に見せかけた他殺だろうな。首にくっきりと索条痕はあったそうだが、片方の靴が脱げかけてたという話だから。おそらく進藤は麻酔溶液を嗅がされて意識を失ったとき、ロープの輪を首に掛けられ、太い枝まで吊り上げられたんだろう」

「うん、考えられるね。進藤は青梅にある母親の実家に昨夕まで隠れてたんだ」

「クマは、それを確認済みなんだな？」

杉浦が確かめるような口調で言った。多門はきのうの経過を伝えた。

「進藤の彼女を尾けて、潜伏先を突き止めたのか。それで、進藤を痛めつけた。けど、募金詐欺は認めたが、滝沢修司を道玄坂のレンタルルームに誘い込んで第三者に殺害させたことは強く否認したんだな？」

「そうなんだ。進藤が苦し紛れに嘘をついてるようには見えなかったから、言った通りなんだろうな」

「つまり、進藤の犯行に見せかけて別の誰かがフェイスマスク男に滝沢を殺らせた。クマ、そういう筋読みなんだな？」

「そう。杉さん、実は昨夜、進藤の彼女のキャバ嬢の勤め先に行ったんだよ。笹塚リカという彼女は、進藤が自宅マンションに一時一千万円の現金を保管してあったと言ってた。進藤は、そのうち飲食店の経営に乗り出す気だったらしいんだよ。募金詐欺でせっせと開業資金を貯め込んでたんじゃないのかな」

「しかし、それだけじゃ資金が足りないだろうが？　だから、進藤は何か別の非合法ビジネスに励んでたんじゃねえか」

「笹塚リカは、進藤が誠忠会の上納金を横奪りしたのかもしれないと言ってたな。自宅に保管してあった一千万円は、会の本部が傘下の二次・三次団体から吸い上げた上納金の一部なんじゃないだろうか」

「進藤が内職で募金詐欺だけじゃなく、上納金の一部をネコババしたことを誠忠会の上層部が知ったら、指詰めや破門では済まねえだろうな」

　杉浦が呟いた。

「だろうね。進藤は自分の掟破りは近々、バレるかもしれないと考えたのか。それで、青梅にある母親の実家の空き家に潜伏する気になったのかもしれない」

「そう考えてもいいと思うぜ。誠忠会が進藤を自殺を装って殺害した疑いはあるな。けど、なんで滝沢修司は黒いフェイスマスクを被った男に命を奪われることになったのか。クマ、そいつが謎だな」

「そうなんだよね。滝沢さんは進藤が連れ回してた間宮勉という準構成員を素っ堅気にする気だった。進藤と対立してたからって、誠忠会の上層部が滝沢さんを始末するなんてことは考えにくいよね？」

多門は相棒に意見を求めた。

「それは考えられねえだろう。滝沢修司が誠忠会の致命的な犯罪の証拠を握ってたんなら、話は違ってくるがな」

「そうだね」

「立川署の刑事課に知り合いがいるから、それとなく探りを入れてみらあ」

「杉さん、よろしく！　おれは、また青梅の進藤の母親の実家に行ってみるよ。進藤は潜伏先に踏み込まれて立川の雑木林に連れ込まれ、自殺に見せかけて首を括られたようだから」

「潜伏してた空き家に犯人の遺留品が落ちてたら、儲けもんだ。徒労に終わるかもしれねえが、クマ、行ってみな」

「ああ、そうするよ」

「話は前後するが、滝沢修司の葬式はつつがなく終わったんだろ？」

「遺体は火葬場に向かってる。故人は無宗教だったんで、いわゆる仏式の弔い方とはだいぶ異なってたな。だけど、いいセレモニーだったよ。ユニークで、温かい葬式だったな」

「そうか。おれはひっそりとこの世からフェイドアウトしたいね。直葬がいいな。火葬場が空いてたら、さっさと骨だけにしてもらいてえよ。形式に縛られた弔いなんて時代遅れだからな」

「おれも、杉さんと同じ考えだよ」

「そうかい。けど、女房の意識が戻るまではくたばりたくねえな」

「杉さん、長生きしないと！　奥さんは身寄りが少ないみたいだから、夫だけが頼りだと思うよ」

「せいぜい長生きすらあ」

　杉浦が先に電話を切った。多門はスマートフォンを上着の内ポケットに入れ、ボルボを走らせはじめた。

　新宿通りに出て、青梅街道に入る。ひたすら直進して、一時間数十分後に目的地に到着した。

　多門は、すぐには進藤の母親の実家には近づかなかった。捜査関係者やマスコミの人間に不審がられるのは、都合悪い。周辺をゆっくり巡る。警察関係者の姿は見当たらない。

だが、古民家風の空き家の前にテレビクルーが固まっていた。

多門は車を目立ちにくい場所に駐めて、時間を遣り過ごした。気持が逸(はや)っているせいか、いつもより時間の流れが遅く感じられる。

スマートフォンに着信があったのは午後四時半過ぎだった。杉浦からの電話ではないか。多門はそう思ったが、発信者は瀬戸奈穂だった。

「もうお骨上(こつあ)げは終わったのかな？」

「はい、先ほど。社長のお骨は真っ白でした」

「故人は改心して、犯罪歴のある男女をリスタートさせることに情勢を注いでました。それですから、お骨まで純白になったんでしょう」

「ええ、そうなのかもしれません」

「高齢の芝山さんはお骨上げまで耐えられたんだろうか。それが気になってたんですよ」

「気力でなんとかご自分を支えたようです。芝山さまは故人を自分の息子のようにかわいがっていましたので、ショックはとても大きかったんでしょう」

「そうだろうな。故人の幼友達の田所さんは大丈夫でした？」

「柩が炉(ろ)の中に吸い込まれたとき、泣き崩れましたけど、だんだん沈着さを取り戻しました」

「そう。岩渕専務とあなたは大変な思いをされましたよね。話は飛びますが、会社とボランティア活動はつづけられるんでしょ？」

「はい。コンテナ型飲食店と便利屋はあまり儲かっていませんけれど、遺品整理業務はずっと黒字なんです」

「それはよかった」

「芝山さまはいくらでも資金援助するので、社長がやり残したことを実現させてほしいとおっしゃってくださったんです。とっても心強かったわ」

「でしょうね。専務と力を合わせて、どうか『リスタート・コーポレーション』と『雑草塾』の両方を守り立ててください。こっちにできることがあったら、なんでも申しつけてくれないか」

「はい、ありがとうございます。岩渕専務と電話替わりましょうか？」

「お忙しいでしょうから、いいですよ。専務によろしくお伝えください」

「はい。必ず伝えます。では、失礼いたします」

奈穂が通話を切り上げた。多門はスマートフォンをポケットに戻した。

十数分後、テレビクルーたちが帰り支度に取りかかった。立川市郊外の雑木林に回ることになったのだろうか。

多門はボルボを降り、進藤の母方の実家まで歩いた。

足音を殺しながら、庭先に入る。複数の靴痕は確認できたが、犯行に加わった者たちのものかどうかは不明だ。

多門は特殊万能鍵を使って、玄関のガラス戸の錠を外した。靴を脱いで、土間から自在鉤のある座敷に上がる。古い畳には何人かの靴痕が刻まれていた。男性の靴痕だが、どれも二十六、七センチだ。

多門は這いつくばって、変色した畳の上を仔細に観察した。遺留品らしき物は見つからなかった。

多門は襖を開け、次の仏間に移った。十畳間だった。家具や仏具はうっすらと埃を被っている。ほぼ中央に置かれた座卓はずれて斜めになっていた。

進藤は押し入ってきた男たちと仏間で揉み合ったのではないだろうか。しかし、抗いきれずに家屋の外に引っ張り出されたのかもしれない。

多門は何気なく鴨居の溝に手指を突っ込んだ。

すると、使い捨てライターが指先に触れた。抓み上げ、文字を読む。誠忠重機リースと記されている。誠忠会の企業舎弟と思われる。

そうだとしたら、何者かが誠忠会の仕業に見せかけて進藤を拉致して、立川市郊外の雑木林で殺害したのだろうか。

推測通りだとしても、見つかりにくい所に遺留品を遺した理由がわからない。偽装工作にしては、手が込みすぎている。警察にすぐ作為を看破されたくなかったのだろうか。そうなら、時間稼ぎの小細工か。

多門は使い捨てライターを上着のポケットに収め、残りの七室を検めた。しかし、遺留品らしき物は手に入れられなかった。

多門は急いで空き家を出て、刑事を装って聞き込みに回った。残念ながら、有力な目撃情報は得られなかった。

多門は重い足を引きずりながら、ボルボを駐めてある場所に向かった。

第三章　歌舞伎町炎上

1

見通しは悪くない。

フロントガラス越しに視線を向けているのは、昭和のレトロ感たっぷりの古びた喫茶店だった。その店の数十メートル先に立川署がある。

多門は杉浦を自宅に迎えに行ってから、ボルボで立川にやってきたのだ。滝沢の葬式があった翌日の午後二時過ぎである。

杉浦は昔風の喫茶店で、知り合いの立川署の捜査員と会っている。相手は金森という姓で、四十一歳らしい。強行犯係で、昨夜のうちに設置された捜査本部のメンバーだそうだ。

多門はロングピースに火を点けた。

少々、喉(のど)がいがらっぽい。煙草(たばこ)の喫(す)い過ぎだろう。喫煙できる場所がめっきり少なくなった。そのせいで、車内にいるときはついチェーンスモーカーになってしまう。

一服し終えて間もなく、元グラビアアイドルの亜理沙から電話がかかってきた。

「また、誰かがネットできみのことを中傷してるのか？」

多門は開口(かいこう)一番に訊(き)いた。

「いいえ、そうではないんです。お世話になったお礼にワインでも贈らせてもらいたいのですけど、お気に入りの銘柄はございます？」

「本当にそういう気遣(きづか)いは無用だよ」

「ですけど、それではこちらの気持ちが済みません。フランス料理のフルコースでもご馳(ち)走(そう)させてください」

亜理沙が言った。

「せっかくだが、いまの依頼案件は時間がかかりそうなんだ」

「それでは、商品券でも贈らせてもらいます」

「それも困るな。こっちは女性に迷惑をかけてる野郎を損得抜きで懲(こ)らしめることが趣味なんだよ。だから、心遣いは必要ないって。機会があったら、一杯飲(や)ろう」

多門は先に電話を切った。

それから二十分ほど経過したころ、趣(おもむき)のある喫茶店から二人の男が出てきた。片方は杉浦だ。もうひとりは金森刑事と思われる。中肉中背だが、眼光が鋭い。

二人は店の前で別れた。杉浦がボルボに向かって歩いてくる。

「お疲れさん！」

多門は相棒を犒った。

杉浦が助手席に坐り、ツイードジャケットの内ポケットからＩＣレコーダーを取り出した。

「杉さん、金森刑事の音声を録音したんだね」

「そうだが、もちろん悪用する気はねえぜ。聞き漏らしがないようにしたかったんだよ」

「そういうことか」

多門は納得した。

杉浦がせっかちに再生ボタンを押す。多門は耳をそばだてた。金森刑事の声はハスキーで、少し聞き取りにくい。

やがて、杉浦が録音音声を停止させた。

進藤の遺体が発見されたのは、立川市砂川の外れにある雑木林だった。一一〇番通報したのは近くの住民だ。散歩させていた飼い犬が雑木林の横でしきりに吠えたので、通報者は雑木林の中に入ってみた。

と、樫の大木の太い枝からロープが垂れ、死んだ男がぶら下がっていた。所轄の立川署員たちが最初に臨場した。自殺に見せかけた他殺の疑いも否定できないことから、警視庁機動捜査隊初動班と捜査一課強行犯殺人捜査係の面々が事件現場に急行した。

検視官は進藤がクロロホルムを嗅がされていたことと体に七カ所も痣があることを確認して、殺人事件という見立てをした。その判断に異論を唱える捜査員はひとりもいなかった。

遺体は立川署で本格的な検視を受け、通夜の前日、杏林大学法医学教室で司法解剖された。死因は絞殺による窒息死だった。死亡推定時刻は一昨夜九時から十一時半の間とされた。

警視庁は立川署の要請を受けて、所轄署にきょうの早朝に捜査本部を置き、強行犯担当の十七人を出張らせた。立川署員二十数人と合同捜査をするわけだ。

すでに初動捜査は開始されていた。だが、有力な手がかりは得られていない。ただ、目撃情報はあった。事件前夜十時ごろ、雑木林の近くに灰色のエルグランドが駐まっているのを住民が見ている。以上が録音内容の要約だ。

杉浦がICレコーダーの停止ボタンを押した。

「クマ、これで事件のアウトラインはわかったよな?」

「ああ。金森という刑事、よく喋ってくれたね」

「おれはもう現職じゃねえし、金森の弱みを知ってるんだよ。あいつは新宿署の生安（生活安全課）にいたころ、ストリップ劇場支配人から、お目こぼし料を貰ってたんだ」

「誰かに似てるな」

「おれは、そんなセコいたかりは一度もやらなかったぜ」

「杉さん、自慢することじゃないよ」

多門は茶化した。

「ま、そうだがな。こっちの事件は単独犯行じゃねえだろう。犯人グループは進藤に母親の実家でクロロホルムを嗅がせて、立川の雑木林まで運んで……」

「輪にしたロープを進藤の首に掛けて、二人か三人で太い枝まで一気に吊り上げたんだろうな。進藤は苦しがってもがいた。それで、片方の靴が脱げかけてたんだろう。あるいは、犯人がきちんと進藤に靴を履かせなかったのか」

「どちらとも考えられるな。クマ、笹塚リカってキャバ嬢は、進藤が自宅マンションに一千万の現金を保管してあったと証言したんだったよな？」

「そう。リカは進藤が飲食店経営をする気でいたことを打ち明けてから、募金詐欺のほかに誠忠会が吸い上げた上納金の一部をネコババしたのかもしれないと言ってた」

「で、くすねた一千万円を自宅マンションに隠してたってことか」

「リカの推測が正しければ、そうなんだろう。そうだとすりゃ、誠忠会の堀内会長は構成員たちに命じて、進藤正人を始末させる気になるかもしれないな。ただ、青梅にある進藤の母方の実家で見つけた使い捨てライターはミスリード工作っぽいね」

「クマ、その使い捨てライターを持ってるのか？」

杉浦が訊いた。多門はうなずき、上着のアウトポケットから使い捨てライターを抓(つま)み出した。すぐ杉浦に手渡す。

「誠忠重機リースという社名が印刷されてるな。断言はできねえけど、誠忠会の企業舎弟(フロント)の一つだったと思うよ」

「杉さん、おれは誰かが誠忠会に濡衣(ぬれぎぬ)を着せようとしたと睨(にら)んでるんだ」

「誠忠会の仕業(しわざ)に見せかけたかったのかもしれねえけど、子供じみたミスリード工作だよな」

「誠忠会は進藤殺しに関わってない気がするが、一応、公衆電話で会長の堀内光輝(みつてる)に鎌(かま)をかけてみるか。やくざ時代に堀内に顔を知られてるんで、ダイレクトに会うわけにはいかないからさ」

「そんな面倒なことをしなくても、おれが堀内に探りを入れてみらあ」

杉浦が懐からスマートフォンを取り出し、誠忠会の会長に連絡する。

「スピーカー設定にしてくれないか」

多門は小声で言った。杉浦が指でＯＫサインを作り、多門の頼みを受け入れた。

「堀内だ。あんた、新宿署にいた悪徳刑事(ワルデカ)の杉浦だな」

「もう現職じゃないんで、おれを呼び捨てか」

「当然じゃねえか。あんたには何度も口止め料を払わされたからな。女の世話をしたこともあった」

「昔話はやめようや。会長に教えてほしいことがあるんだ」

「なんでえ？」

「構成員だった進藤が募金詐欺を内職にしてたことは？」

「知ってたよ。下から、そういう報告を受けてたんでな。進藤にケジメ取らせて、破門にすることになってたんだ。でもな、進藤は取っ捕まる前に姿をくらましやがった」

「進藤は、空き家になった母方の実家に潜伏してたんだ。だけど、何者かに拉致されて立川市砂川の雑木林で遺体で昨日(きのう)、発見された」

「自殺だったみてえじゃねえか」

「まだ報道されてないが、自殺に見せかけた殺人だろう」

「ほんとかい⁉ 小指(エンコ)落としたくなくて、奴は死ぬ気になったんじゃねえか。進藤はいつも虚勢(きょせい)を張ってたが、案外、気が小さい奴だったからな」

「会長、話を戻すよ。青梅の潜伏先の仏間の鴨居(かもい)の溝(みぞ)に、誠忠重機リースという社名入りの使い捨てライターが入ってたらしいんだ」

「なんだって⁉」

「堀内会長が配下の者たちに進藤の隠れ家を突きとめさせ、立川の雑木林で自殺に見せかけて縛り首にしたと疑えなくもない。裏社会の噂によると、誠忠会が二次・三次組織に上納させた金の一部を集金担当だった進藤が着服してたそうじゃねえか。現に進藤の自宅マンションにある時期、一千万円の現金が保管されてたらしいんだ」

「そんな話、信じられねえ」

堀内が唸った。

「そういう情報が事実なら、誠忠会が進藤を葬ったとも考えられるよな」

「上納金を着服されたことなど、ただの一遍だってねえ。進藤はこっそり内職に励んでやがったから、誠忠会の名を騙って強請を働いたのかもしれねえな。で、てめえの家に一千万の現金を保管してたんじゃねえのか」

「会長だけじゃなく、誠忠会関係者は誰も進藤の死には関与してない？」

「もちろんだ。進藤が個人的なシノギに精出してたことは勘弁できねえが、あいつは大幹部じゃない。殺るだけの価値もねえよ」

「そうかもしれないな。ところで、先日、道玄坂のレンタルルームで刺殺された滝沢修司を何かで恨んでなかったか？」

「その滝沢って男が、間宮って準構成員を誠忠会と切り離したがってるという話は進藤から聞いたことがあるな。けど、まだ盃も交わしてない小僧が何人遠ざかっても、おれは痛くも痒くもねえよ」

「会長が話した通りなら、誠忠会を陥れようとした個人か組織が存在するんだろうな。誰か思い当たる？」

杉浦が探りを入れた。堀内会長が空とぼけているようには感じられなかった。多門は遣り取りを聞き洩らさなかった。相棒は、誠忠会を怪しんでいるのだろうか。

「神戸の最大組織が分裂を重ねるようになってから、やくざ社会も戦国時代みたいになってきた。表面上は友好的でも、肚の中は読めねえ。不法滞在してる荒っぽい外国人はマフィア化したし、半グレの連中は一段と凶暴になった。やくざと持ちつ持たれつで非合法ビジネスで荒稼ぎしてる半グレは手懐けられるんだが、正業で喰ってる奴らは恐いものなしで暴れてる。やくざ、別の半グレ集団、外国人マフィアにビビることなく、非情なまでにぶちのめす」

「会長、いま半グレ集団で最も暴れまくってるのは？」

「元暴走族チームの集合体である『無敵同盟』だな。連中の大半は豊かな家庭で育ったようだが、残忍なことを平気でやりやがる。暴力団や不良外国人グループも恐れてねえよ」

「それ以前は中国残留孤児二世たちが結成した『黒龍』が尖ってたんだが、三世が多くなってからはだいぶおとなしくなった。八王子や立川の遊び人が幹部になってる『神の使者』は都心の盛り場でめったに見なくなったな。そのうち、『無敵同盟』が裏社会を支配するようになるかもしれないな」

「そんなことはさせねえ。そういえば、進藤は『無敵同盟』を束(たば)ねてる石橋翼(いしばしつばさ)とつき合いがあったはずだよ」

　堀内が言った。

「石橋って奴はいくつなんだい？」

「四十二歳だよ。頭(ペテン)がよく、度胸も据(す)わっていて抜け目がねえ感じなんだ。おれは嫌いだな、ああいうタイプの男はよ」

「会長は進藤が『無敵同盟』を率(ひき)いてる石橋とつき合うことに反対しなかったのか」

「別に反対はしなかったよ。『無敵同盟』が誠忠会(うち)の縄張り(シマ)で勝手なことをやりやがったら、すぐぶっ潰(つぶ)すけどな」

「だろうね。石橋は飲食店、美容院、モデル事務所などを多角経営しながら、裏で持続可能給付金詐欺、暗号資産投資詐欺、貴金属高額買い取り詐欺、地熱エネルギー投資詐欺で荒稼ぎしてるらしいんだ」

「進藤は石橋に唆(そそのか)されて、募金詐欺をやりはじめたのかもしれねえな。いや、それ以前にあいつは石橋と手を組んで裏ビジネスでがっぽり稼(かせ)いでたとも考えられる」

「二人は、裏ビジネスのやり方で意見がぶつかったんだろうか。そうじゃなく、分け前を巡(めぐ)って対立するようになったのかな」

「多分、後者だろうよ。進藤は人一倍、金銭欲が強かったんだ。『無敵同盟』の石橋は進藤に裏ビジネスを知られてるわけだから、いつか警察に売られるかもしれないという強迫観念に取り憑かれてたんじゃねえか」

「その不安が大きくなったら、石橋は邪魔者になった進藤を第三者に消させるかもしれない」

「誠忠会は進藤の事件だけじゃなく、滝沢の死にもまったくタッチしてねえぞ。それだけは、はっきり言っとく」

堀内が語気を強め、荒々しく電話を切った。杉浦が肩を竦めて、スマートフォンをポケットに戻した。

「杉さん、堀内会長はシロっぽいね」

「心証はシロだが、それでノーマークにしてもいいのか。うむ、微妙なとこだな。クマは堀内の筋読みをどう思った?」

「案外、説得力のある推測なんじゃないのかな」

「そう感じたか。クマ、『無敵同盟』のボスの情報をできるだけ集めて少しマークしてみる価値はあるんじゃねえか」

「かもしれないね。おれ、昔の弟分の箱崎に情報を集めてもらうよ」

「なら、こっちは反社会的な組織にいる元刑事たちに接触してみらあ。クマ、おれを新宿で落としてくれや」

「わかった」

多門はシートベルトを締めた。

杉浦が倣う。多門はボルボＸＣ40を走らせはじめた。パワーウインドーのシールドは、半分ほど下げてある。

三つ目の信号に差しかかりかけたとき、交差点の向こう側にある茶色いビルが爆発音を轟かせながら、ゆっくりと崩れはじめた。爆破された六階建てのビルの表玄関から負傷した男たちがよろけながら、次々に外に逃れてくる。

「半グレどもの仕業じゃねえか」

男のひとりが誰にともなく言った。近くにいた者の何人かがうなずく。

最初に喚いた男がふたたび声を張った。

「そうだったら、皆殺しだ」

「当たり前よ。どいつも、ぶっ殺してやる」

かたわらにいる男が同調した。

「あの男たちは堅気じゃないな」

多門はボルボを停めてから、杉浦に顔を向けた。

「確かこの付近に博徒系の小松原一家の組事務所があったな。立川を中心に八王子、日野、多摩地区全域を仕切ってるはずだが、テラ銭だけじゃ一家を支え切れねえよな。で、十年ぐらい前から性風俗店や出張売春クラブをやるようになったんだ。それから、街金もな」

「小松原一家と反目してる組織はなかったと思うが……」

「どの暴力団とも友好関係にあるんだが、半グレ集団の『神の使者』とは何度も揉めてたんだ。敵対してる半グレが小松原一家の本部に爆発物をこっそり仕掛けたのかもしれねえな。じきに警察車輛、消防車、救急車、レスキュー隊員が集まって、この青梅街道は通行止めになるだろう」

「脇道に入って、新宿に向かったほうがよさそうだな」

「クマ、そうしようや」

杉浦が言った。

多門はボルボを脇道に入れ、街道沿いの裏通りを進んだ。まだ裏道はそれほど車の量は多くなかった。

杉浦が懐からスマートフォンを取り出したのは、十五、六分後だった。

「まさか彼女ができたわけじゃないよな」

「クマ、からかうんじゃねえや。さっきの爆破騒ぎが気になるんで、立川署の金森のスマホを鳴らすんだよ」

「そういうことか」

多門は小さく笑った。杉浦が電話をかけ、金森刑事と喋りはじめた。

通話時間は三分前後だった。杉浦がスマートフォンを上着の内ポケットに入れてから、口を開いた。

「クマ、新情報を入手したぜ。金森の話だと、半グレ集団『神の使者』は半年ぐらい前から小松原一家と衝突してたらしいよ。暴力団係刑事は『神の使者』のメンバーが宅配業者に化けて小松原一家の持ちビルに入り込んで、時限爆破装置か何かをどこかに置いたんだろうと筋を読んでるそうだ」

「破壊力から察して、軍用炸薬が使われたんだろうな。それとも、ダム工事用の強力なダイナマイトを起爆装置にリード線で繋いだのか」

「どっちにしても、強力な爆薬が使用されたんだろう。死傷者が大勢出そうだな」

「ネットの普及で、危ない情報もたやすく入手できるようになった。３Ｄプリンターで密造拳銃を素人がこしらえる時代になったよね」

「そうだな。日本はアメリカみたいな銃社会じゃねえが、その気になれば、手製の銃器をこっそり造ることもできる。そこまで苦労しなくても、中国でライセンス生産されたトカレフのノーリンコ54、それから中国製のマカロフなんかは六本木や赤坂で筋者から買うことも可能だ」

「特にだぶつき気味のノーリンコ54は銃弾（コドモ）が十発付いて、十五万弱で闇取引されてる」

「そうみてえだな。最近は二十代の駆け出し組員でもノーリンコ54を持ってやがる。日本は治安がいいと言われてるが、堅気（かたぎ）がいきり立って拳銃を使うかもしれねえ。物騒な世の中になったもんだ」

「そうだね」

「半グレの連中の多くは捨て身で生きてるから、やくざ、チャイニーズ・マフィア、ナイジェリアやベトナムの悪党（ワル）どもも恐れてない」

「そんな感じだよな」

「半グレが組員の少ない暴力団をぶっ潰（つぶ）すことはできるだろう。不良外国人たちも結束すれば、日本の裏社会を乗っ取ることはできるんじゃねえか」

「多分ね」

多門は言って、運転に専念した。

新宿西口のホテル街を抜けたのは、およそ五十分後だった。ＪＲ新宿駅にボルボを横づけして、杉浦を降ろす。

「強引に時間を割（さ）いてもらって悪かったね。これ、少しだけど……」

多門は折り畳んだ十枚の万札を杉浦に握らせ、ボルボを発進させた。ロータリーを回って、新宿大ガードを潜（くぐ）る。そのまま靖国（やすくに）通りをたどっていると、上空に小型無人機（ドローン）が浮かんでいた。五機だった。

ドローンは隊列を組んで、新宿東宝ビルの方面に飛んでいる。

歌舞伎町には約百八十の暴力団が組事務所を構えている。二次団体だけではなく、三次・四次の組事務所もある。

広域暴力団の二次団体は、たいがい持ちビルを所有している。暴対法で、代紋を掲げることはできない。どの組も商事会社、不動産会社、芸能プロダクション、投資顧問会社を装っている。言うまでもなく、ほとんどが実体のないゴーストカンパニーだ。

多門は靖国通りを左に折れ、区役所通りに入った。

そのとき、空を舞っていたドローンの一機がほぼ垂直に降下し、そのままビルに突っ込んだ。次の瞬間、大きな爆発音が鳴り渡った。

多門はとっさにボルボをガードレールに寄せ、上空を仰ぎ見た。

残りの四機のドローンが急降下し、次々に組事務所らしき建物に激突した。すぐに爆発音が幾重にも重なり、巨大な爆煙が立ち昇りはじめた。周辺の建物の強化ガラスが砕け、コンクリートの壁面も落下している。

とてつもなく大きなオレンジ色の炎が勢いづく。延焼は防ぎようがなさそうだ。

あちこちの組事務所から怪我をした若いやくざがふらつきながら、続々と表に出てくる。ゴルフクラブや金属バットを握っている者が目立つ。

「敵を見つけたら、ぶっ殺そうぜ」

やくざのひとりが言って、散弾銃を空に向けて撃った。周りにいる男たちが、雄叫びを発する。一様に血走っていた。

暴力団の組事務所を焼き尽くしたいと企んでいるのは、いったい何者なのか。半グレ集団、関西の極道、外国人マフィア、首都圏の弱小組織なのか。疑えば、それぞれが怪しく思えてくる。

爆発炎上する店舗ビル、雑居ビル、飲食店ビルは増える一方だった。まだ三月なのに、大気が熱い。

下手をしたら、歌舞伎町一帯は焼け落ちてしまうだろう。不夜城と呼ばれる日本最大の盛り場が焦土と化したら、どうなるのか。サイレンの音が近づいてきた。

世話になった田上組は、歌舞伎町から少し離れた場所に事務所を構えている。多門はその場所に向かった。

ほんのひとっ走りで、田上組の事務所に到着した。だが、足を洗った者が訪ねることははばかられた。

多門はボルボを路肩に寄せ、箱崎のスマートフォンを鳴らした。ツーコールで、電話は繋がった。

「歌舞伎町一帯は火の海になりつつあるな。田上組は狙われなかったようで、ひとまず安心したよ。少し時間があったら、箱崎、外に出てきてくれ。おれは近くにいるんだ。ボルボの中だよ」

「すぐ行きます」

箱崎が電話を切った。多門はロングピースに火を点けた。

ふた口ほど喫ったとき、昔の弟分がボルボに駆け寄ってきた。多門は助手席を手で示し、煙草を灰皿の中に突っ込んだ。

「失礼します」

箱崎が言いながら、助手席に坐った。

「元気そうじゃねえか。おれは、たまたま上空を飛んでた五機のドローンを目撃したんだ。五機とも組事務所と思われる建物に突っ込んでいった。爆薬を搭載してたようで、すぐに爆発炎上した。まるで特攻隊みたいだったよ。自爆ドローンだろうな」

「爆破音が、うちの事務所まで轟いてきました。もうびっくりです」

「狙われたのは、暴力団事務所だったんだろう?」

「断定はできませんが、関東やくざの御三家の住川会、稲森会、極友会の二次組織にドローンが突っ込んで、すぐ爆発炎上して延焼したようです。四位の勢力を誇る共進会の二次の組事務所も、爆破されたという話です。どの組の構成員も負傷しながらも、血眼でドローンのパイロットを捜し回ってます。敵を見つけたら、サブマシンガンで撃ち殺すと息巻いてる組員が何人もいました」

「裏社会のネットワークは、さすがだな。情報が早い。近くのマンションかビルの屋上にドローンのパイロットがいたんじゃないかな。犯人っぽい不審者の目撃情報は？」

「それはゼロです。ドローンは予め自動飛行するようプログラミングされていれば、パソコン一台でどこからでも操作できます。役に立てなくて……」

「おまえが謝ることはない。箱崎は気持ちが優しすぎるな。もっと突っ張ってないと、幹部になれねえぞ」

「は、はい」

「最近、やくざを挑発してた連中はいなかったか？」

多門は訊いた。

「不良外国人たちが、こっちの組員たちに因縁をつけるようになりましたね。それから、半グレの奴らが新宿に姿を見せるようにもなりましたね」

「『無敵同盟』の本拠地は六本木で、『黒龍』のテリトリーは錦糸町から新小岩にかけてだったよな」

「ええ、そうです。『神の使者』は、立川から八王子までのエリアを縄張りにしてます」

「まだ未確認情報なんだが、出かけた立川から新宿に戻る途中、小松原一家の持ちビルが派手に爆発炎上したんだ。時限爆破装置が仕掛けられてたんだろうな」

「そういうことでしたら、自爆ドローンを飛ばしたのは半グレっぽいな。『無敵同盟』のメンバーたちは歌舞伎町はダサいとばかにして、近づいてこなかったんですがね」

「『無敵同盟』の連中はまとまって現われ、でかい面して一番街、花道通り、さくら通り、あずま通りをのし歩いてるのか？」

「そうですよ。やくざに平気で眼を飛ばして、不良外国人グループを野良犬みたいに追っ払う仕種をしてるんです」

「西の極道たちがだいぶ前に次々に東京に拠点を作ったが、関東やくざを刺激しないよう気を配ってるよな」

「以前はそうでしたが、近頃は東西の紳士協定に反する非合法ビジネスを裏でやってるんですよ」

「なら、いつ大阪や兵庫の極道たちが関東やくざに矢を向けるかもしれねえな。箱崎はどう思う？」

「不景気とコロナのダブルパンチを受けて、シノギがだいぶきつくなりました。やくざ者が血の抗争を重ねても、双方にメリットがないことはわかってるでしょう。ただ、面子を潰されたら、関東やくざも黙っていないでしょうね。でも、まだ一触即発の状態ではありません」

箱崎が言った。

「そうか。爆薬を積んでたドローンを飛ばしたのは半グレ集団か外国人マフィアなんだろうか」

「自分は、そう読んでます」

「暇なときでいいから、その両方の情報を集めてもらえるか」

「わかりました」

「中途半端な時間だが、久しぶりに一緒に飯を喰おうや。鮨、ステーキ、焼肉、天ぷら、しゃぶしゃぶ、なんでもいいぜ」

「それでは、ステーキをご馳走になります」

「新宿末広亭の並びに隠れ家っぽいステーキハウスがあるんだ。その店に案内するよ。一応、シートベルトを締めてくれ」

多門は箱崎に言って、シフトレバーをDレンジに入れた。

2

げっぷが出そうになった。

多門はナプキンで口許を拭った。六百グラムのビーフステーキを二人前平らげ、さすがに腹一杯になった。

向かい合う位置に腰かけた箱崎は、まだ五百グラムのステーキを食べ終えていない。

「喰い切れなかったら、残してもいいぞ」

「そんなもったいないことはしませんよ。最上級の肉なんですから、自分で、絶対に食べます。高級な牛肉の味を嚙みしめながら、喰ってるんです」

「デザートは何がいい？」

「ステーキだけで充分です」

箱崎が答えた。店内の客は少なかった。多門たち二人は奥のテーブル席に着いていた。遠くで、ひっきりなしにサイレンが鳴っている。

「田上組に自爆ドローンが激突したら、おれが犯行グループを突きとめて、ひとりずつ嬲（なぶ）り殺しにしてやる。世話になった恩は忘れちゃいねえんだ」

「田上組（うち）は御三家ほど組織がでかくないから、狙われるとしても後（あと）でしょう」

「そうだとしても、きっちり決着（オトシマエ）はつけねえとな」

「ええ、そうですが……」

「ゆっくりステーキを喰ってくれ。おれは一服したくなったんで、店の外で煙草を吹かしてくる」

多門は箱崎に断って、店の外に出た。いつも携帯用灰皿を持ち歩いているが、路上喫煙を禁じられている地区が多い。

多門は物陰に入り込んで、ロングピースに火を点けた。深く喫(す)いつける。短くなった煙草を携帯用灰皿に突っ込んだとき、ニューハーフのチコから電話があった。

「クマさん、歌舞伎町が大変なことになってるわね。テレビとネットのニュースを交互に観(み)てるのよ、ずっとね。死傷者の数は正確には把握(はあく)できてないようだけど、数百人、ううん、数千人にのぼるんじゃない？」

「だろうな。歌舞伎町一帯は焦土(しょうど)と化すかもしれねえぞ」

「大きな声では言えないけど、大阪か兵庫の極道たちが首都圏を乗っ取る気なんじゃない？」

「まだ何とも言えねえな」

「何も根拠はないけど、西の組織も不景気とコロナのせいで、シノギが相当きつくなってるようよ。最大組織の神戸連合会は構成員数が五千人を割ったみたいだからさ。大阪の最大組織の浪友会(ろうゆう)も二千五百人前後しかいないんじゃないのかな。関東のやくざも減ってるわ」

「関東やくざにだって意地があるから、西の勢力に屈することはねえだろう。何か仕掛けてきたら、即座に反撃するはずだ。それで、くたばるまで抗戦するだろう。実はな、おれは爆薬を積んだ五機のドローンが次々にビルに突っ込むとこをたまたま目撃したんだよ。その前に立川の小松原一家の本部が爆破されたとこも見てる」

「そうなの。立川でも爆破事件があったことは報じられてたわ。クマさん、犯行目的はやくざ狩りなんじゃない？　半グレ集団か外国人マフィアたちが歌舞伎町にある組事務所を焼き払って、一帯に二千人はいる日本のヤー公を締め出してさ、縄張(なわば)りを力ずくで奪う気なんじゃないかな？　東西のやくざが血の抗争に走る時代じゃないもの」

　チコが言った。

「まだ結論を出す段階じゃねえよ。これから予想もできなかったことが次々に起こるかもしれねえからな」

「先行きの見えない社会だから、とんでもないことをやらかす輩(やから)が出てきそうね。騒ぎが収まるまで、お店を休みたいわ」

「チコは店の稼ぎ頭なんだから、早苗ママがオーケーしねえだろうが？」

「ええ、多分ね。クマさん、裏社会から護身銃を手に入れてくれない？　怪しい奴を見かけたら、先に撃(う)ってやる。あたし、ハワイとグアムの射撃場(シューティング・レンジ)で拳銃(ハンドガン)や自動小銃をぶっ放したから、銃器の扱い方はわかってるわ」

「チコ、つまらないことを考えるな」

「でもさあ、毎晩びくびくしながら、『孔雀(くじゃく)』に行くなんて癪(しゃく)じゃないの。だって、あたし、誰にも迷惑なんてかけてないんだから」

「とにかく、銃なんか使うな」

多門は言い諭して、ステーキハウスに戻った。

箱崎の皿は空になっていた。多門は支払いを済ませ、路上に駐めてあるボルボに足を向けた。

箱崎を田上組の組事務所の近くまで送り、三田の『リスタート・コーポレーション』をめざす。岩渕専務に立ち会ってもらって、滝沢修司の自宅をチェックするつもりだ。

十分ほど走ると、杉浦から電話があった。スピーカーフォン設定にしてから、多門は応答した。車は走らせたままだ。

「クマ、いま話せるか?」

「大丈夫だよ」

「新宿駅前でクマと別れた後、歌舞伎町で大変な事件が起こったな」

「そうなんだよ。おれは、爆薬を搭載した五機のドローンが暴力団の組事務所に垂直に突っ込むところをたまたま目撃したんだ」

多門は前置きして、経過を詳しく喋った。

「マスコミは事件の全容を摑み切れてないみてえだが、関東御三家の二次団体が狙われたことは間違いないだろう。共進会の二次団体も瓦礫の山となったらしいから、犯行目的は暴力団潰しだろうな」

「こっちもそう考えてるんだが、西の勢力を含めて地方の筋者が首都圏進出を狙ってるという動きはないようなんだ。神戸連合会や大阪の浪友会がかなり前に東京にアジトを作ったが、関東やくざともろに衝突したことはない。下っ端（したっぱ）同士の小競（ぜ）り合いはあるけどね」

「そうだな。歌舞伎町の爆破事件にヤー公が関与してないんなら、半グレ集団が牙を剝（む）きはじめたのか。それとも、不良外国人どもが結束して混成マフィアチームを作ったのか」

「『神の使者』が小松原一家の組事務所に爆発物を仕掛けたことが明らかになったら、半グレ集団が首都圏で縄張り（シマ）を拡大したいと考えてるのかもしれないな」

「クマ、ちょっと待ってくれ。それは三つの半グレ集団が協力し合って、やくざ狩りを画（かく）策（さく）してると……」

　杉浦が確かめる。

「『無敵同盟』は、『黒龍（ブラックドラゴン）』や『神の使者』を敵視してるようだ。ほかの半グレ集団も、それは同じだろう。だから、三つのグループが共同戦線を選ぶなんてことは考えにくいな」

「ま、そうだろうな。資金面やメンバーの数で優位に立つ『無敵同盟』がまず首都圏の筋者どもを震え上がらせて、それぞれのテリトリーから追い出す。それが済んだら、別の半グレ集団を解散に追い込んで、最後は不良外国人たちをこの国から排除する気なのかもしれねえぞ」

「そうできたら、首都圏の裏社会の新帝王になれるだろう。『無敵同盟』は二十代のころから暴力団関係者、格闘家、不良外国人に絡まれてもビビることはなかった」

「『無敵同盟』が暴れはじめたんじゃねえか」

「杉さん、そう考えた根拠は？」

「おっと、説明不足だったな。新宿駅前でクマと別れてから、こっちは渋谷に行ったんだ。それで、上野署の元暴力団係だった緒方幹久に闇社会の最新情報を貰いに行ったんだよ。緒方はおれと同い年なんで、三十代前半からのつき合いなんだ。何事も筋を通したがる奴で、上司とぶつかって依願退職したんだよ。警備会社で二年ちょっとガードマンをやってたんだが、なぜか渋谷の宇田川組の盃を貰った」

「杉さん、そのあたりのことははしょってもらってもいいよ」

多門は短くためらってから、遠回しに注文をつけた。

「悪い！　肝心な話が後になってしまったな。緒方によると、六本木を根城にしてる石橋翼は一年ほど前にカフェとオンラインカジノをオープンさせたらしいんだ。割に流行っていたそうだが、愚連隊系の山根組に営業妨害されて……」

「店を畳まざるを得なくなった？　怖いもん知らずの石橋がいつになく弱気だね」

「中二のひとり娘を山根組の組員に引っさらわれて、丸一日、拉致犯の自宅に監禁されてたそうだよ。もしかしたら、レイプされたのかもしれねえな」

「それで、強気で暴れてた石橋も山根組に屈したわけか」

「ああ、おそらくな。そんなことがあったんで、『無敵同盟』のリーダーは、やくざを一層憎むようになったんじゃねえか。『神の使者』は小松原一家の組事務所に爆発物を仕掛けただけで、歌舞伎町の爆発事件には関与してないと思うぜ。歌舞伎町の犯行に半グレ集団が関わってるとしたら、きっと『無敵同盟』にちがいねえよ」

「その疑いはありそうだな」

「クマに臨時収入を貰ったんで、ついでに石橋が経営してる『フリーダム・エンタープライズ』の所在地を調べておいたぜ。石橋の会社は六本木三丁目十×番地にある。八階建てだ。ダーティー・ビジネスで荒稼ぎしてきたから、自社ビルを持てたんだろう」

「そうなんだろう。滝沢さんは石橋翼の非合法なビジネスの証拠を握ったのかもしれないな。推測通りなら、石橋が滝沢さんを道玄坂のレンタルルームに誘い込んで、黒いフェイスマスクを被った奴に……」

「クマ、あまり焦るなって。事実の断片を集めて冷静に筋を読んだほうがいいぜ。また、連絡すらあ」

杉浦が通話を切り上げた。

ボルボは、いつしか新宿区内を走り抜けていた。多門はショートカットで港区三田に向かった。

やがて、目的地に達した。

多門は車を勝手に『リスタート・コーポレーション』の敷地に入れ、エンジンを切った。ボルボから出ると、プレハブ造りの社屋から『イマジン』が流れてきた。従業員たちが滝沢を哀悼中なのだろう。

アポイントメントは取っていなかったが、岩渕専務は社内にいるのではないか。多門は社屋に入り、事務フロアに向かった。

瀬戸奈穂が目敏く多門に気づき、すぐにスチール製の事務机を離れた。多門は会釈し、奈穂に歩み寄った。二人はたたずむ形になった。

「通夜と告別式の両方に列席していただいて、恐縮です」

「このたびは残念でしたね。滝沢さんの遺骨は？」

「社長室に移しました。自宅マンションに骨箱を運ぶべきなのかもしれませんけど、故人は独り暮らしでしたのでね。淋しいのではないかと思って、専務と相談しまして……」

「社員の方たちも、そのほうがいいと思ってるんじゃないかな」

「そうでしょうね。散骨か樹木葬にするかはまだ決まっていないのですけど、できるだけ長く遺骨を社長の机の上に置いておきたいと社員だけではなく、ボランティア仲間も願っているんですよ」

「会社が存続してる間は、遺骨を社長室に置いておいてもいいと思うんじゃないか」

「あっ、そうですよね。故人は無宗教でしたので、仏教の形式に拘ることはないわけですから」

「そう思います。岩渕専務が新社長になって、瀬戸さんは専務に昇格するのかな？」

「芝山さまは、そうしたらとご提案くださいました。ですけど、まだ滝沢社長が亡くなったばかりです。それで、改めて相談しようということになったのです」

「そのほうがいいだろうね。ところで、岩渕さんは？」

「社長室で遺品を整理しています。専務を呼びましょうか？」

　奈穂が言った。

「滝沢さんの遺骨にちょっと挨拶したいんで……」

「そういうことでしたら、どうぞ奥に」

「ええ、そうさせてもらいます。仕事の手を止めさせて、申し訳ない！」

　多門は奈穂に言って、社長室に向かった。

　ドアをノックし、大声で名乗る。すぐに岩渕専務の声で応答があった。多門は入室した。専務は応接ソファに腰かけ、センターテーブルの上の書類に目を通していた。

　社長席の両袖机の上には、遺影と遺骨が置かれていた。どちらも、花と供物に囲まれている。

　多門は遺影に一礼してから、岩渕の正面のソファに腰を沈めた。

「何かお手伝いしましょうか？」

「お気持ちだけいただいておきます。きょうは何でしょう？」

「先日、滝沢さんの自宅マンションのスペアキーを岩渕さんが持ってらっしゃることを確認させてもらいましたよね？」

「あっ、そうでした。社長の自宅に何か事件の謎を解く鍵があるかもしれないので、部屋に入りたいとのことでしたよね？」

「そうです、そうです。ご迷惑でなければ、岩渕専務立ち会いで、滝沢さんの自宅に入れてほしいんですよ」

「わかりました。すぐ社長が借りているマンションにご案内します。歩いて三分ほどしか離れてないんですよ」

岩渕が言いながら、すっくと立ち上がった。腰のキーホルダーに目をやってから、先に社長室を出る。

多門は専務に従った。社屋を出ると、右手に導（みちび）かれた。二百メートルほど歩く。賃貸マンションに入り、二人はエレベーターで八階まで上がった。

「会社のいろんな鍵を預かってるんですよ。なくすとまずいので、ズボンのベルト通しにキーホルダーを下げてるんです」

岩渕がそう言いながら、八〇八号室のドアロックを外した。先に室内に入り、電灯を点けた。

　多門は専務の後から部屋に上がった。

　目を凝らして室内を眺め回してから、家具、机、パソコン周辺を検べる。しかし、手がかりになるような物は見つからなかった。

　突然、リビングで大きな音がした。何かが倒れた音だった。多門は居間に走った。

「びっくりさせて、すみません！　うっかり観葉植物の鉢に足を引っかけ、ゴムの木を倒してしまったんですよ」

　岩渕がきまり悪そうに言って、観葉植物の鉢を抱え起こした。

　床には腐葉土が散っている。多門は屈み込んで、大きな手で腐葉土を拾い集めた。すると、掌に固い物が触れた。それは防水パウチに包まれたＩＣレコーダーだった。

「多門さん、それは……」

「観葉植物の鉢の中にＩＣレコーダーが隠してあったんです。何か手がかりになりそうな録音音声が入ってるんだろうか」

「聴いてみましょうよ」

　岩渕が急かした。多門は防水パウチからＩＣレコーダーを摑み出し、再生ボタンを押した。

　男同士の会話が録音されていた。片方は滝沢修司の声だ。

――きみ、本気で生き直してみないか。

――おれを犯罪者扱いしないでくれ。おたくと同類じゃないんだ。こっちは合法ビジネスで儲けて、自社ビルを建てたんだよ。おたくみたいに巨額詐欺を働いて、刑務所にぶち込まれた人間とは違うんだっ。

――きみが持続可能給付金詐欺、貴金属高額買い取り詐欺、暗号資産投資詐欺、太陽光パネル投資詐欺などであこぎに稼いできたことはわかってる。『無敵同盟』を抜けた元メンバーがちゃんと証言してくれたんだよ。

――そいつは誰なんだっ。

――証言者の名は言えない。何か仕返しされるだろうからな。

――おれは正業で稼いできた。裏ビジネスなんて何もしてないっ。

――そこまで言い切るなら、警察の手を借りることになるよ。わたしは巨額詐欺で四年半も服役したが、心を入れ替えれば、まともな人間に戻れると思っている。

――偉そうになんだよ。おたくは偽善者だ。前科者のくせに、人生訓なんか垂れるんじゃねえや。

――頭を冷やして、よく考えてくれ。自ら出頭すれば、少しは刑が軽くなるだろう。ダーティー・ビジネスのことを洗いざらい吐いて、被害者たちに心から償うんだ。そうすれば、真人間になれるだろう。

――うぜえな。

――現にわたしは生き直すことができたし、仕事になかなか就けない前科者の支援をしてる。『雑草塾』で支援をした者たちの約八割は立派に更生した。

――そんな話、聞きたくもない。もう帰ってくれ！

――わたしが引き揚げなかったら、仲間を呼び集めてボコボコにさせる気なんだろうな。そんな生き方をしてると、真人間になれないぞ。石橋君、よく考えるんだ。人の道を踏み外したからって、それで終わりじゃない。罪を償って、ゼロからやり直すんだよ。微力だが、支援は惜しまない。

――うるせえ！　早く帰らねえと、ぶっ飛ばすぞ。

音声が途絶え、滝沢がソファから立ち上がる気配が伝わってきた。その後、何も聞こえなくなった。

多門は停止ボタンを押し込み、岩渕専務と顔を見合わせた。

「多門さん、滝沢社長は石橋翼の手下に道玄坂のレンタルルームに誘い込まれて、刺し殺されたんではないでしょうか」

「その疑いはゼロではないでしょうね。誠忠会の進藤正人は、石橋とつき合いがあったんですよ」

「それなら、自殺に見せかけて進藤を殺害したのは『無敵同盟』のボスの石橋翼なのかもしれないな。多門さん、この録音音声を捜査本部の方に渡したほうがいいんじゃないですか」

「滝沢さんと石橋の遣り取りだけでは、警察はすぐに動かないでしょう。滝沢さんが喋ってたことに裏付けがあるわけではありませんので」

「もしかしたら、滝沢社長は石橋の数々の詐欺の証拠を握って、それらをどこかに保管してるのかもしれませんね。わたし、もう一度室内をくまなく検(しら)べて、さらに社長室もチェックします」

「こっちも協力しますよ」

「ＩＣレコーダーをあなたに預けますので、先に帰られても結構ですよ。手が足りなくなったら、社長秘書の瀬戸に電話して応援を頼みます」

「そうですか。それでは、物的証拠の類(たぐい)が見つかるまでＩＣレコーダーをお預かりします」

「ええ、結構です」

岩渕が快諾(かいだく)した。多門はＩＣレコーダーを懐に収め、玄関ホールに向かった。

3

『フリーダム・エンタープライズ』の社屋は、善学寺の近くにあった。首都高速都心環状線のそばだが、思いのほか静かだ。

多門は、ボルボを石橋の会社の数十メートル手前で路肩に寄せた。『リスタート・コーポレーション』の敷地を出たのは二十数分前だった。夕闇が濃い。

多門は助手席に置いたノート型パソコンを手に取った。

石橋の会社のホームページを開く。社員数や業務内容は載っているが、石橋社長の顔写真は掲げられていなかった。

多門は『無敵同盟』のリーダーの顔を知らなかった。ホームページには会社の代表電話番号が記してあった。

多門はグローブボックスから、他人名義の携帯電話を取り出した。ガラケーと呼ばれる旧式の機種だった。闇社会のブラックマーケットで手に入れた物だ。

代表番号を打ち込む。スリーコールで、男が電話口に出た。

「お電話ありがとうございます。わたし、鈴木と申します。失礼ですが、どちらさまでしょう?」

「わたしは田中（たなか）という者だが、貴社が地熱エネルギー開発投資に力を入れはじめたという話を耳にしたんだが、それは事実なのかな?」

「は、はい」

「先々月、親の遺産を十五億円ほど相続したんだよ。リターンが悪くなければ、七、八億投資したいと考えてるんだ」

多門は、とっさに思いついた作り話を澱（よど）みなく喋った。

「それは大変ありがたいお話ですね。いま、社長の石橋に替わります」

「社長でなくても、部長クラスの方でもいいんだがね」

「いいえ、大きな商談になりそうですので、石橋と直（じか）に話していただけますでしょうか。少々、お待ちください」

相手の声が熄（や）み、ヴィヴァルディの名曲が流れてきた。待つほどもなく、別の男の声が耳に届いた。石橋社長の声に間違いない。ICレコーダーの録音音声と同じだった。

「お待たせいたしました。社長の石橋翼です。田中さまは小社のホームページをご覧になってくださったのですね?」

「うん、まあ」

「以前は太陽光パネル設置投資に力を入れていたのですが、一部の出資者がリターンが少ないと不満を洩らすようになりまして……」

「で、地熱エネルギー開発投資にシフトしたわけか」

「はい、おっしゃる通りです。日本は全国に温泉がございますので、コストをうまく抑えれば、充分に利益を上げることは可能でしょう。有望な投資先が七社ほどあります」

「ほう」

「遺産が十五億円ほど入られたとか？　羨ましいお話です」

「相続税をがっぽり持っていかれるから、実質的には十億弱しか投資できないがね」

多門は、もっともらしく言った。

「それでしたら、有望な地熱エネルギー開発会社七社に一億円ずつ投資されてはいかがでしょうか。元本は保証できませんが、ハイリターンは大いに期待できます」

「実はね、貴社のすぐ近くまで来てるんだよ。現金一億円をキャリーケースに入れてね。場合によって、きょう一億円を投資してもいいと思ってる」

「ほんとですか⁉」

石橋は驚きを隠さなかった。

「ただ、一つだけお願いがあるんだ」

「お願いとおっしゃられたのは？」

「社長のことをよく知らないので、ちょっと顔を見せてほしいんだよ。わたしは人相学を少し勉強したので、他人の顔を見ただけで善人か悪人かわかるんだ」

「それはすごい！」

「貴社の表玄関前で待ってるんで、社長ひとりで表に出てきてくれないか」

「ええ、いいですよ」

「面倒臭いことを言って、すまないね。それじゃ、待ってるから」

多門は通話を切り上げ、すぐに旧型携帯電話の電源を切った。

他人名義の携帯電話をグローブボックスの中に戻し、変装用の黒縁眼鏡をかける。

数分後、『フリーダム・エンタープライズ』の表玄関から商社マン風の四十代前半の男が現われた。石橋翼だろう。

男は周りを見回し、首を傾げた。三分ほど過ぎてから、ビルの中に引き返した。

そのとき、多門は預かったＩＣレコーダーを使って石橋を揺さぶりたい衝動に駆られた。録音音声を石橋に聴かせたら、かなり動揺しそうだ。少し痛めつければ、滝沢や進藤の死に絡んでいるかどうかわかるのではないか。

しかし、相手は素っ堅気ではない。半グレである。おそらくシラを切りつづけるだろう。それ以前に、滝沢が石橋の複数の詐欺の証拠を摑んだことを確認したわけではない。

もどかしいが、ここが我慢のしどころだろう。多門は伊達眼鏡を外して、煙草に火を点けた。少し張り込んで、石橋の動きを探ってみる気になったのだ。

多門は紫煙をくゆらせてから、ラジオの電源スイッチを押した。選局ボタンを操作していると、ニュースを流しているラジオ局があった。

「歌舞伎町一帯は焼け野原のようになって、人も車も規制線の中に入ることができなくなっています。崩壊した建物を目にしていると、まるで戦場に紛れ込んでしまったようです。いまも焦げ臭さが鼻を衝きます」

実況中継を担当している放送記者がいったん言葉を切り、すぐ言い重ねた。

「警視庁の発表によりますと、千二百人を越える暴力団関係者が亡くなり、一般市民およそ五百人が犠牲になりました。狭いエリアで約千七百人の方が死亡するとは、前代未聞の大量虐殺事件です。まさに蛮行と言えるでしょう。重傷者と軽傷者を併せると、八百人にのぼります」

また、記者が間を取った。

「首都圏を縄張りにしている住川会、稲森会、極友会、共進会の二次団体の組長が爆殺されたことから、警察はそれぞれの本部に機動隊を配しました。各会の総長や理事長の自宅の警備も強化中です」

みたび放送記者が一拍置いた。

「五機の自爆ドローンは六百グラムの大型で、ホバリングが可能です。ＧＰＳ付きで、十分から三十分の連続飛行ができる機種でした。犯人グループはプログラミング済みのドローン五機に軍用炸薬を積んで、起爆装置のスイッチを入れたようです。ピクリン酸、トリニトロトルエン、ペントリット、テトリル、オクトーゲンなどを混合した軍用炸薬は破壊力が強大です」

またもや記者が間を置いた。

「警察は関西の反社勢力が首都圏制圧を狙った可能性も否定できないと判断して、大阪の浪友会、兵庫の神戸連合会の動きを注視していますが、いまのところ不審な点はないようです。以上です。マイクをスタジオにお返しします」

記者の声が消え、女性アナウンサーが死傷者に関する詳報を伝えはじめた。

それから間もなく、杉浦から電話がかかってきた。

「マスコミ報道によると、歌舞伎町の事件で千二百数十人のやくざが死んで、一般市民も五百人ほど亡くなったらしいよ」

「そうだね。おれもニュースで知ったんだ。重軽傷者を加えると、八百人が入院中らしい」

「一つの事件で千七百人の死者が出るなんて、これまでになかった残虐な事件だ」

「そうだね」

「クマ、立川署の金森から新情報をキャッチしたぜ。小松原一家の組事務所には時限爆破装置付きのプラスチック爆弾が三つも仕掛けられてたらしいよ」

「いわゆるC－4と呼ばれてるやつだね」

「そう。C－4に信管を挿入して、トリメチレントリニトロアミンを爆発させたんだ。で、小松原一家の組事務所が崩れ落ちたんだよ」

「『神の使者』は裏サイトにアクセスして、プラスチック爆弾を手に入れたんだろうか」

「ああ、おそらくな」

「半グレ集団は前々から小松原一家の存在が目障（めざわ）りだったにちがいないが、なぜ急に暴挙に出たのか。そいつがわからないな」

「クマ、その謎は解けたよ。金森刑事の話によると、小松原一家の総長の名で『神の使者』を壊滅（かいめつ）するという宣戦布告が届けられたらしいんだ。で、血の気の多い半グレたちが先手を打ったんだろうな」

「そうだとしたら、小松原組もなんか大人げないことをするね。『神の使者』は本当に小松原一家から挑戦状を受け取ったんだろうか」

　多門は呟（つぶや）いた。

「それがな、小松原一家はそんな宣戦布告はしてないと強く否認したそうなんだよ。クマはどう思う？」

「おそらく小松原一家に敵意を持ってる奴が、偽（にせ）の宣戦布告を『神の使者』に送りつけて、戦闘意欲を煽（あお）ったんだろうね」

「そう読んだか。単細胞の半グレどもはカーッとなって、小松原一家の事務所にプラスチック爆弾を仕掛けたのか」

「そうなんだろうね」

「なら、『神の使者』の事件（ヤマ）は歌舞伎町の大量虐殺とは切り離してもいいんじゃねえか」

「だと思うよ」

「それはそうと、クマのほうは何か手がかりを得たのか？」

　杉浦が問いかけてきた。

　多門は、滝沢と石橋の声が録音されているＩＣレコーダーを預かったことを話した。それから、杉浦に録音音声を聴（き）かせた。

「クマ、録音されたのはいつなんだ？」

「およそ四カ月前だね」

「滝沢修司は石橋を訪ねて、生き直せと言い諭（さと）してる。石橋の悪事を調べ上げたんで、説教しに行ったんじゃねえか。多分、滝沢は詐欺の証拠を押さえたんだろう」

「こっちもそう睨んだんだが、滝沢さんの自宅には証拠の類（たぐい）はなかったんだよ」

「会社の社長室はチェックしてねえんだろうな、岩渕専務も美人秘書も葬儀で取り込んでたからさ」

「それだから、なんとなく頼みにくかったんだ。石橋翼の動きを探っても、解決の糸口が見つからなかったら、社長室をチェックさせてもらうよ」

「クマ、こういう手はどうだい？　おれが滝沢修司から石橋の犯罪の立件材料を預かってるというはったりをかませて、裏取引を持ちかけてみる」

「杉さん、まさか石橋から口止め料を脅し取る気になったんじゃないよな」

「安心しなって。強請、たかりはもう卒業したよ。石橋に鎌をかけるだけだ。奴に思い当たることがあったら、きっと狼狽するにちがいねえ。そしたら、偽の裏取引を持ちかけてみるんだよ。身の破滅を恐れて、『無敵同盟』のリーダーは金でこっちを抱き込む気になるんじゃねえか。そういう手を使えば、石橋が滝沢修司殺害に関与してるかどうかはっきりするだろう。それだけじゃなく、石橋が誠忠会の進藤正人の死に関わってるかどうかもわかりそうだな」

「だろうね。進藤は石橋と交流があったそうだが、何かで意見がぶつかって、対立するようになったんじゃないか。みかじめ料を二重取りするようなチンケなやくざなら、石橋の弱みにつけ込みそうだな」

「クマ、冴えてるじゃねえか。進藤は石橋のダーティーな裏ビジネスのことをバラすぞと脅して、まとまった金をせしめようとしやがったのかもしれねえぜ。それだから、進藤は自殺に見せかけて殺されたんじゃねえのか。念押しだがな」

「石橋の弱みは、詐欺事件だけなのかな」

「クマ、もっとわかりやすく言ってくれや」

杉浦が焦れた。

「確たる根拠はないんだが、イケイケの野望家は何事にも貪欲だと思うんだ」

「そうだろうな」

「石橋は『無敵同盟』のリーダーで終わりたくないと思ってるんじゃないか。たとえば、首都圏の裏社会の新帝王になることを夢見てるとかさ」

「クマは、暗に石橋が歌舞伎町の爆破事件の絵図を画いたんじゃないかと言いてえんだろう？」

「そこまでは考えてないんだが、半グレの連中は筋者も外国人マフィアも恐れてないじゃないか」

「そうだが、やくざの大物は闇のフィクサー、利権右翼、与党の実力者、警察首脳、検察幹部たちと裏で繋がってる。タフで怖いもの知らずの石橋でも、暗黒社会を支配するなんてことはできないんじゃねえか」

「石橋がビッグボスになることは無理だろうね。けど、アンダーボスにはなれるかもしれない」

「世の中、そんなに甘かねえと思うぜ。本人は大物になった気でいても、所詮は井の中の蛙だよ。真の有力者におだてられて使われても、最後は捨て駒にされるのがオチだ」

「杉さん、石橋翼はなかなかの曲者だぜ。逆に陰の超大物をうまく利用して、もっとのし上がりたいと野心を膨らませてるのかもしれないよ」

「それほどのタマかね。そっちは、しばらく石橋の動きを探ってみな」

「そうするよ」

多門は通話を切り上げた。それを待っていたように、すぐ着信ランプが灯った。

発信者は瀬戸奈穂だった。

「やあ、どうも！」

多門は明るく言った。しかし、奈穂の受け答えは硬い。

「何か無神経なことを言ったかな？」

「いいえ、そういうことではないんです。少し前に岩渕専務から聞いたのですけど、社長の自宅の観葉植物の腐葉土の下に防水パウチに入ったICレコーダーが隠されていたようですね。滝沢社長と『無敵同盟』の石橋リーダーの音声が録音されていたとか？」

「そうなんだ。専務から聞いただろうが、滝沢さんは石橋の詐欺など犯罪を嗅ぎ当てたようなんですよ。それで、滝沢さんは石橋に罪を償って心を入れ替えろと説教してた」

「そのことも専務から聞きました。録音内容から察すると、石橋が滝沢社長に反感を覚えて……」

「石橋が腹を立てて募金詐欺に関する情報を滝沢さんに流して、道玄坂のレンタルルームに誘い込んで、黒いフェイスマスクを被った男に殺害させたかもしれないと推測はできるよね」

「ええ。それなのに、なぜ多門さんはＩＣレコーダーを預かりたいと専務におっしゃったんですか。早く捜査本部の方に録音音声を聴いてもらうべきではありません？」

「状況証拠だけでは警察は捜査に本腰を入れないケースが多いみたいなんだ」

多門は言い繕った。苦し紛れの嘘だった。

「わたし、そういうことを知らなかったので、多門さんに突っかかるような言い方をしてしまいました。ごめんなさい」

「別に気にしてません。石橋はなんか怪しいんで、ちょっとマークしてみようと思ってるんです。何か進展があったら、瀬戸さんと岩渕専務には必ず報告するよ」

多門は電話を切って、また『フリーダム・エンタープライズ』の表玄関に視線を向けた。まだ石橋社長は社内にいるはずだ。

多門はビーフジャーキーとラスクで空腹をなだめながら、辛抱強く張り込みをつづけた。午後九時を回っても、石橋は姿を見せない。

社屋の地下駐車場から黒塗りのベントレーが走り出てきたのは、午後十一時半過ぎだった。多門は運転者を見た。ステアリングを握っているのは石橋だった。

多門は慎重にベントレーを追尾した。ベントレーは数十分走り、渋谷区神宮前六丁目にある豪邸の地下ガレージに入った。

表札には石橋と記してある。石橋は玄関に回り、住宅の中に入った。

多門は三十分ほど石橋宅の近くで張り込んでみたが、家の中からは誰も出てこない。石橋がこれから外出することはなさそうだ。

多門は張り込みを切り上げ、代官山の塒に向かった。

4

起きたばかりだった。

パジャマ姿の多門は寝室のベッドに腰かけ、遠隔操作器に手を伸ばした。石橋が深夜にベントレーで帰宅したのを見届けた翌日の午前十時過ぎだ。

大型テレビの電源スイッチを入れる。ほとんど同時に、爆破シーンが映し出された。思わず多門は驚きの声を上げた。

巨大な炎にくるまれているのは、兵庫県内にある神戸連合会の総本部だった。手入れがあるたびに、日本で最大の勢力を誇る組織は幾度もニュース映像で流された。

関東やくざの首領たちは前日の歌舞伎町の惨劇のシナリオを練ったのは神戸連合会ではないかと推測し、御三家が結束して報復に及んだのだろうか。やくざたちは面子に拘り、負け犬になることを嫌う。

「爆発炎上しているのは、神戸連合会の総本部です。前夜、十九名の理事が直参会と称する会議に出席し、そのまま全員が総本部に泊まりました」

三十代と思われる男性アナウンサーの顔がアップになった。多門はテレビの音量を上げ、耳に神経を集めた。

「今朝四時ごろ、総本部の上空に三機のパラ・プレーンが飛来し、ダイナマイトを六、七本落として逃げました。パラ・プレーンはひとり乗りの軽便飛行機で、どこからでも発着ができます。ダイナマイトはニトログリセリンなど液状の硝酸エステルを含有する爆破薬を珪藻土やニトロセルロースなどに染み込ませて起爆させる物です。破壊力が凄まじいと言われています。ダム工事などで使われる強力なダイナマイトは数本でビルを崩壊させるという話です」

アナウンサーの顔が消え、事件現場に切り替わった。

「六代目会長の安否はまだ確認されていませんが、十九名の直参組長は爆死したと思われます。犯人グループのひとりはパラ・プレーンの着陸に失敗し、脚を骨折しました。その被疑者は七カ月前に九州で最大の暴力団九俠会を破門になっています。神戸連合会は九俠会を傘下に入れたがっていましたが、はっきりと拒絶したという経緯があります」

また、アナウンサーが映し出された。

「そうしたことで、神戸連合会と九俠会は反目していたと思われますが、九州の最大組織は事件にはまったく関与していないというコメントをマスコミ各社に出しています。しかし、水面下で動いたとも考えられます。一方、神戸連合会の関係者の一部は九俠会のコメントを疑っているようです。きのうの歌舞伎町の事件とリンクしているのかどうかは、まだ不明です。死傷者は数百人に及ぶ模様です。いったんＣＭが入ります」

　画像が電気自動車のコマーシャルに変わった。多門はチャンネルをＮＨＫに替えた。ニュース内容は民放局とあまり変わらなかった。警察は、まだ事件の全容を把握していないのだろう。

　多門はテレビを消し、ロングピースに火を点けた。九俠会は破門した構成員たち三人を説得して、神戸連合会の総本部をダイナマイトで爆破させ、十九名の直参理事の命を奪わせたのだろうか。

　九俠会は気骨があることで知られている。神戸連合会の舎弟になるのは屈辱だと考え、最大組織と闘う気になったのか。しかし、血の抗争からは何もメリットが得られない。

　九俠会がマスコミ各社に寄せたコメントに偽りはないのではないか。多門はそんな気がしてきた。正体不明の五人は九俠会と関連があるように振る舞っているのかもしれない。

　一服し終えたとき、かつての弟分の箱崎から電話がかかってきた。

「神戸連合会の総本部がダイナマイトで爆破されたことをご存じでしょ？」

「いまテレビのニュースで知ったところだ」

「そうですか。警察は関東御三家が団結して神戸連合会に仕返しをしたのではないかと疑ってるみたいですが、住川会、稲森会、極友会もそんな余裕はありません。面子はあるでしょうが、いま仕返しは無理でしょ？　二次団体の親分たちが爆殺されてしまって、生き残った大幹部たちはおたついてる状態なんですから」

「神戸の爆破事件に関東のやくざは関わってなさそうだ」

「九俠会が犯行を踏んだんですかね？」

「九州男児は骨っぽいが、神戸連合会と真っ向勝負をしたら、自滅することになると予想できるはずだ。組織を潰されたら、元も子もなくなる」

多門は言った。

「ええ、そうでしょうね。逃げ損なった男は九俠会を破門されたと兵庫県警の捜査員に供述したみたいですけど、本当にそうなんでしょうか」

「共犯の二人も、九俠会を破門された元構成員なのかもしれねえな。景気のいいころなら、破門された筋者も別の組織に入れた」

「ええ、そうですね。全国の親分衆に絶縁状を回されたら、それもできませんけど」

「だな。いまは景気が悪いから、破門された奴らは別の組にも入れなくなってる。シノギができなくなった三人は何者かに金で抱き込まれて、神戸連合会の総本部にパラ・プレーンからダイナマイトを落としたのかもしれねえ」

「仮にそうだとしたら、三人の実行犯を雇ったのは大阪の浪友会、京都の秋津組あたりでしょうか」

「どっちも、神戸連合会と一戦を交える覚悟はないだろう。兵隊の数や軍資金の差があって、勝負にならないだろうからな」

「そうでしょうね。誰かが偽情報で九俠会を焚きつけたんだとしたら、正体不明の個人か団体も裏社会と関わりが深いんだろうな。多門さんはどう筋を読んでます？」

「北海道全域を仕切ってる北信会、東北地方一帯を縄張りにしてる奥州兄弟会、北陸の勇輝会、大阪の浪友会、京都の秋津組、広島の大門組、徳島の寺久保組、沖縄の琉球同盟は弱小組織に近い」

「そうですね。神戸連合会と渡り合えそうなのは関東御三家と九俠会ぐらいかな」

「といっても、どちらも深手を負うことになるだろう。だから、最大組織に牙を剝く気にはならないんじゃねえか」

「そうなると、外国の勢力が日本のアンダーグラウンドを狙ってるんでしょうかね。北京グループ、上海グループ、福建グループが過去の抗争を水に流して団結すれば、関東御三家や神戸連合会をぶっ潰すことは不可能じゃないかもしれませんよ」

「箱崎、チャイニーズマフィアだけではなく、ロシアの極東マフィアも手強いぜ。その気になれば、連中は北海道を占領することもできるだろう」

「ロシアはウクライナに侵攻したんで軍事費がかかって、おまけに西側諸国の経済制裁でダメージが大きいですよね。日本全土を乗っ取ることはできないと思いますが、関東御三家や神戸連合会を弱体化させて、ロシアの麻薬、銃器、女性なんかを日本の裏社会に売れば……」

「それなりに稼げるだろうな」

「ロシア政府が足りなくなった軍事費を増やしたくて、極東マフィアを全面的にサポートするなんてことは考えられませんかね」

「その筋読みはリアリティーがないな。いや、そうとも言い切れねえか。天然ガスなど燃料エネルギーが主に中国やインドにしか買ってもらえなくなったからな」

「そうらしいですね」

「やくざ、半グレ集団、不良外国人グループに偽の火種を蒔いて、漁夫の利を得たがってる人間がいるんだろうな。そいつの面がまだ透けてこないが……」

「何か新しい情報が耳に入ったら、多門の兄貴に教えます。あっ、すみません！　また兄貴と言っちゃいました」

箱崎が詫びて、電話を切った。

多門はパジャマを脱ぎ、カジュアルな部屋着を身にまとった。洗顔し、洗濯機を回す。

鍵っ子だったせいで、家事は少しも苦にならなかった。炊事をしているとき、若くして他界した母親のことをよく思い出す。

懐かしい思い出に浸っていると、なんとなく心が和む。人参やじゃが芋を刻んでいるとき、無意識にハミングしていることがあった。

多門は洗面所からダイニングキッチンに移り、コーヒーを淹れた。ブラックでコーヒーを啜っていると、寝室でスマートフォンの着信音がした。

多門は寝室に走った。電話の主は杉浦だった。

「今朝、神戸連合会の総本部が爆破された事件は知ってるよな?」

「テレビのニュースを観て、びっくりしたよ」

「だろうな。少し前に兵庫県警にいる知り合いの暴力団係に電話で探りを入れたんだよ。ほぼ全身に火傷を負った六代目会長の越水章は救急病院に入院中なんだが、奇跡的に一命は取り留めそうだぜ。すごい生命力じゃねえか」

「そうだね。けど、十九人の直参の組長が爆殺されたから、強気で知られる越水会長も神戸連合会を維持することは難しいと思うよ。数年前の分裂騒ぎで、最大組織も弱体化してたからね」

「そうだな。外様の理事たちの数は少ないし、頼りにできないだろう。最悪の場合、神戸連合会は解散に追い込まれるんじゃない?」

多門は言った。

「そうなるかもしれねえな」

「マスコミ報道によると、九州の最大組織が神戸に矢を向けたのではないかと疑ってるようだが、兵庫県警はどう筋を読んでるんだろう？」

「パラ・プレーンの着地で脚を骨折した男は、八年前まで九俠会に所属してたんだが、兄貴分の内縁の妻を寝盗ったんで、組織から追放されたんだ。浦辺充って名で、現在、三十九歳だったか」

「その浦辺って奴は、その後どうしてたのかな」

「裏便利屋みたいなことをやって、なんとか喰ってたようだな。九俠会が破門や絶縁にした元構成員を実行犯に選ぶとは考えにくいんじゃねえか」

「神戸連合会に牙を剝いたのは九俠会の関係者だと印象づけるための小細工に、浦辺は使われたんだろう。穿った見方かもしれないが、浦辺は故意にパラ・プレーンの着陸にしくじったんじゃねえのかな」

「クマは、そう読んだか」

「浦辺を雇った人間は九俠会の犯行に見せかけて、日本最大の組織を壊滅させたかったんじゃないだろうか」

「浦辺の雇い主が誰か見えてこないが、歌舞伎町の大量虐殺事件と今朝の犯行はリンクしてそうだな」

「こっちも、そう推理したんだ」

「そうかい。昨夜、おれは歌舞伎町の事件現場に行ってみたんだよ。まだ規制線が張られてたんで、焼け跡を近くで見ることはできなかったがな。それでも、行った甲斐はあったよ。夜陰に乗じて、上海グループの奴らが事件現場で金目の物を漁ってた」

「杉さんは、上海マフィアの連中が歌舞伎町の暴力団事務所に自爆ドローンを突っ込ませたんではないかと……」

「チャイニーズ・マフィアは下働き要員として一連の犯行の首謀者に雇われたのかもしれねえな」

「そういう筋読みか。上海グループは福建グループを池袋や中野に追っ払ってから、北京グループと縄張りを巡る小競り合いをしてきた。けど、上海グループが優位に立ったとは言えない」

「そうだな」

「新宿から目障りな北京グループを追い払いたくて、爆破事件の主犯に力を貸して何か見返りを期待してるんだろうか」

「おれは、そう睨んだんだ。クマ、どう思う?」

杉浦が訊いた。

「考えられないことじゃないね」

「関東の御三家と神戸連合会をぶっ潰せば、暗黒社会の半分は手に入れたようなものだ。仮に北海道の北信会、大阪の浪友会、京都の秋津組、広島の大門組あたりが結束しても、長期戦になれば音（ね）を上げることになるだろう」

「そうなれば、日本の縄張り（シマ）を総取りだな」

「当然、そうなるだろう。暗黒社会の地図を塗り替えたいと考えてる人間が関東やくざの御三家と神戸連合会をぶっ潰す気でいるのかもしれねえぞ。一連の事件の首謀者は御三家がそれぞれ対立するような怪文書や偽情報を流して、火種（ひだね）を蒔（ま）いたとも考えられるな」

「しかし、御三家は事実無根の陰口には引っかからなかった。それで、暴力団組事務所がおよそ百八十もある歌舞伎町に自爆ドローンを突っ込ませたのかな」

「そうなんじゃねえか。ちょっと待てよ。それだけで、裏社会を仕切れるようになるわけじゃない。関東やくざの御三家の総長や会長などトップを抹殺（まっさつ）する必要がある」

「そうだね」

「それほど遠くないうちに、御三家のトップたちが命を狙われるんじゃねえか」

「そこまでやれそうな暴力団は思い浮かばないな。闇社会を支配したがってるのは、半グレ集団か外国人マフィアなのか。あるいは、サイバー犯罪を重ねてるニュータイプの無法集団なんだろうか」

「まだ何とも言えねえな。こっちは、ちょっと上海マフィアの動きを探(さぐ)ってみらあ。上海グループ、北京グループ、福建グループが呉越同舟(ごえつどうしゅう)で手を組んで日本の裏社会を乗っ取ることにしたとも考えられるからさ」

「そうだね。新たな情報が入ったら、杉さん、また教えてよ」

多門は電話を切り、ロングピースに火を点けた。ふた口ほど喫ったとき、部屋のインターフォンが鳴った。

多門は喫いさしの煙草を灰皿に突っ込み、壁掛け式受話器をフックから外した。

なんと来訪者は、『リスタート・コーポレーション』の岩渕専務だった。背広姿で、きちんとネクタイを結んでいる。

「突然、ご自宅をお訪ねして、ご迷惑(めいわく)だったと思います。実は多門さんにご相談したいことがありまして……」

「狭苦しい部屋ですが、どうぞ入ってください」

多門は岩渕を請(しょう)じ入れ、ダイニングテーブルの椅子(いす)に坐らせた。手早く二人分のコーヒーを淹(い)れ、岩渕と向き合う位置に腰かける。

「社長の自宅を再度チェックしたら、ダイニングキッチンの床下(ゆかした)収納庫に現金一億円が入ってたんですよ」

「ええっ⁉」

「わたしも、とても驚きました。一応、スマホのカメラで静止画像を撮っておきました」

岩渕が自分のスマートフォンを取り出し、ディスプレイに五、六カット映し出した。多門はスクロールしながら、一カットずつ入念に目を通した。

スチールの箱に一千万円の大束が十束きちんと詰められている。総額一億円だ。

「札束の真上には、この名刺が無造作に置いてありました」

岩渕が言って、上着の内ポケットから白い名刺を取り出した。

石橋翼がビジネスで使っていると思われる名刺だった。会社名と氏名が印刷され、固定電話とスマートフォンのナンバーが刷ってある。

「一億円の現金は、最初からスチールのボックスに入ってたんですか？」

「はい、そうです。宅配便ではなく、滝沢がどこかで石橋翼から一億円を直に脅し取ったのかもしれません。亡くなった社長は石橋の非合法ビジネスのことを知って、早く罪を償えと言い諭していました。そのことは多門さんもご存じですよね？」

「ええ、ＩＣレコーダーの録音音声を聴きましたんで。札束の上に石橋の名刺が乗ってたんで、滝沢さんが恐喝に及んだと推測されたわけか」

「会社では三つのビジネスを三本柱にしていますが、遺品整理だけが黒字で他の二つの事業は人件費と諸経費を差し引くと、だいぶ前からマイナスでした」

「そうだったようですね」

「滝沢社長は資金繰りがきつくなったことでずっと悩んでたんですよ。よき理解者の芝山氏に泣きつけば、運転資金を無担保で貸してくれたと思います。ですが、社長はもう芝山氏に甘えるわけにはいかないと言って、銀行や信用金庫に融資の相談に行きました。しかし、どこからも色よい返事はもらえなかったんですよ」

「そのことは知りませんでした。滝沢さんは会社を潰したら、犯歴のある男女の更生の支援ができなくなると不安だったんだろうな」

「侠気のある方だったので、弱音を吐いたりはしませんでしたが、だいぶ悩んでいたんでしょう」

「経営のことで行き詰まって、滝沢さんは石橋の弱みにつけ込む気になったんだろうか」

「スチールボックスに石橋の名刺が入っていましたんで、そうなんでしょう」

「仮にそうだったとしても、札束の上に名刺をわざわざ置くのは作為的だな」

多門は呟いた。

「言われてみれば、確かに不自然ですよね。石橋が故人に一億円の口止め料を払う気になったら、札束の上に自分の名刺を置く必要はないし、第一に無防備すぎます」

「誰かが石橋を陥れたくて、そんな小細工を弄したのか」

「それ、考えられますね」

「岩渕さん、床下収納庫で見つかった一億円の現金のことは、もう警察に話したんですか？」

「いいえ。故人が石橋から一億円の口止め料を脅し取ってたなら、れっきとした犯罪になります。死者の名誉を傷つけたくなかったので、あなたに相談に乗っていただこうと考えたんですよ」

「そうですか」

「社長の自宅マンションに大金が隠されていたことは、警察には黙ってたほうがいいでしょ？」

「こちらが専務だとしたら、警察には言わないでしょうね。滝沢さんには犯歴がありますが、すっかり心を入れ替えて同じハンディをしょった男女が生き直すチャンスを与えてたんです。そんな故人の悪事を暴きたくないな」

「わたしも同じ気持ちですね」

岩渕が同調した。

「瀬戸さんは、隠されていた一億円のことは知ってるんですか？」

「いいえ。彼女には教えていません。瀬戸さんは滝沢社長の潔い生き方にある種の感銘も受けて、押しかけ秘書になったんですよ。故人をリスペクトしてただけじゃなく、思慕も寄せてたんでしょう」

「そうなんですか。滝沢さんはそのことに気づいてたんだろうか」

「薄々は感じ取っていたと思います。ですが、故人は若くして亡くなった奥さんのことをかけがえのない女性と想っていたようですので……」

「美人秘書に気を持たせるようなことは言わなかったんだろうな。大人同士のプラトニック・ラブこそ恋愛の極致だと言い切った詩人もいたな。いや、小説家だったか。記憶がはっきりしませんが、そうなのかもしれませんね。岩渕さんはどう思われます？」

「禁欲的な恋愛は質が高いと思われているようですが、当事者たちはまだ本気で恋愛していない気がします。言ってみれば、恋愛前夜なんではないかな。惚れ合った二人が裸の心を晒し合うのが恋愛の基本でしょう？」

「大変、勉強になりました。岩渕さん、隠されていた大金のことは当分、内緒にしててもらえますか」

多門は頼んでから、マグカップを手に取った。岩渕も多門に倣った。

会話が途切れた。来客はコーヒーを飲み終えると、礼を言って椅子から立ち上がった。

多門は客を送り出すと、外出の準備に取りかかった。

第四章　極東マフィアの影

1

　何も動きがない。

　多門は『フリーダム・エンタープライズ』の斜め前にボルボを駐め、石橋社長が動きだすのを待っていた。張り込んで数時間が経過している。

　このまま張り込むだけでいいのか。多門は石橋に揺さぶりをかけてみることにした。車を石橋の会社の裏通りに回す。

　多門はグローブボックスから、他人名義の携帯電話を摑み出した。さらに懐を探って岩渕に借りたICレコーダーを取り出す。

　会社の代表番号にかけ、石橋社長に替わってもらう。

「石橋ですが、どなたでしょう？」

「わし、西村いいまんねん」

多門は、ことさら高い声で告げた。地声を聞かれたくなかったのだが、すぐ石橋に怪しまれた。

「その声には聞き覚えがあるな。おたく、親の遺産が入ったんで、地熱エネルギー開発会社に投資したいとか言って、わたしに会社の前に出てくれと電話してきた男だね。そうなんだろっ」

「バレてしまったか」

「おたく、何者なんだ？」

「恐喝相続人だよ」

「な、なんだ、それは⁉」

「これから、録音音声を聴かせる。そっちと滝沢修司の会話が収録されてるよ」

「なんだって⁉」

石橋の声は上擦っていた。

多門はICレコーダーの再生ボタンを押し、他人名義の携帯電話を近づけた。石橋と滝沢の遣り取りが流れはじめる。『無敵同盟』のリーダーは耳をそばだてていることだろう。

やがて、音声が途絶えた。

多門は停止ボタンを押し、ICレコーダーを上着の内ポケットに戻した。

「四カ月ほど前、滝沢修司はそっちを訪ねて非合法ビジネスをやめて警察に出頭しろって説教したよな？」

「ああ。一面識もないのに滝沢はずかずかと社長室に入ってきて、上から目線で偉そうなことを言いやがったんだ。あのとき、滝沢は懐にＩＣレコーダーを忍ばせてたのか。くそっ！」

「おれは滝沢の友人なんだよ。滝沢は、そっちのダーティー・ビジネスの証拠をほぼ揃えてた」

「はったりだと思ってたが……」

「本当にそう思ってたんなら、わざわざ滝沢修司に一億円の口止め料は払わないだろう」

「そんなことまで知ってるのか⁉」

「はったりは無駄だったな」

「おたく、非合法ビジネスの証拠の類を持ってるのか？」

石橋が訊いた。

「ある場所に保管してあるよ。あれを警察に渡したら、そっちは一巻の終わりだろうな」

「そ、それだけは……」

「滝沢修司はさんざん説教してから、口止め料を要求したのか？」

「そうなんだ。わけわからなかったよ。そしたら、滝沢は遺品整理業務だけが黒字で、ほかの二つの事業は連続赤字なんだと明かした。どうしても会社を倒産させたくないんで、こっちに一億円をカンパしてくれないかと言ったんだよ」

「カンパという言い方をしたのか？」

「そう、そうなんだ。恐喝で捕まりたくなかったんだろうな」

「そうなのかもしれないが、滝沢修司は巨額詐欺で四年半服役して、すっかり心を入れ替えたんだ。それなのに、そっちから一億円の口止め料をせしめたなんて話は信じられない」

「それだけ滝沢は、会社と『雑草塾』を守りたかったんだろうな」

「それで、一億円の受け渡しはどんな方法で行われたんだ？」

「先方が『三田レジデンス』の八〇八号室の前に置いてくれって指示したんだ。だから、二人の社員に現金を運ばせたんだよ」

「滝沢修司がそんな無防備な指示をするとは思えないな」

「会社の資金繰りのことで頭がいっぱいだったんで、大胆にも自宅マンションに届けろと指定したんだと思う」

「そんな無防備なことをするかな。それはそれとして、現金は木箱か段ボール箱に詰めたのか？」

多門は探りを入れた。

「札束はスチールのボックスに入れて、その上にこちらの名刺を置いておいた」

「なぜ、わざわざ名刺なんかを……」

「なぜだか、滝沢がそうしてくれって言ったんだよ。それだから、その指示に従ったんだ」

「そっちも、用心が足りないな。大金の上に自分の名刺なんか置いたら、危いことになるかもしれないじゃないか」

「そうなんだが、裏ビジネスのことを滝沢に暴かれたら、おれは破滅だからな」

「だとしても……」

「おたくの目的は金なんだろう？　さっき恐喝相続人と言ってたからね」

「こっちはブラックがかったジャーナリストなんだが、金になる種が少なくてな」

「いくら出せば、裏ビジネスの立件材料を譲ってもらえるんだ？　はっきり希望額を言ってくれ」

「十億は無理か？」

「そんな巨額は無理だっ」

「なら、その半分で手を打ってもいいぜ」

「五億も都合つけられない。絶対に無理だよ」

「妙な駆け引きをしてると、そっちは文なしになっちまうぞ」

「ま、待ってくれ。三億は用意できないが、二億なら……」

「都合つけられるんだな？」

「内部留保の二億円をそっくり吐き出すよ」

「いい心掛けだ」

「受け渡しの場所と時刻を指定してくれないか」

石橋が言った。

「そっちの自宅に伺うよ」

「や、やめてくれ。妻に裏ビジネスのことを知られたくないんだ。娘はおれを誘き出す目的で拉致されたが、父親の非合法ビジネスのことは知らないんだよ」

「半グレの親玉が素っ堅気みたいなことを言いやがって」

多門はせせら笑った。

「家ではよき夫、よきパパでいたいんだ」

「そうかい、そうかい。午後六時に品川区にある『みなとが丘ふ頭公園』の出入口付近で二億円を受け取る」

「わかった。そこは、国際コンテナターミナルの近くだな」

「ああ、そうだ。おれは車の中で待ってる」

「車種を教えてほしいな」

「それは教えられない。車の中で撃ち殺されたくないからな」

「おれは『無敵同盟』のリーダーだが、実業家なんだ。マフィアみたいなことはしないよ」

「けど、素っ堅気とは言えないだろうが？」

「まあ、そうだが……」

「半グレ集団も、派手に暴れるようになった。『神の使者』は小松原一家の事務所を時限爆弾で崩壊させたよな？」

「そうみたいだね。『神の使者』の連中は、小松原一家といがみ合ってたようだから、いつかは衝突すると思ってたよ」

「『無敵同盟』は、そのうち『神の使者』と『黒龍(ブラックドラゴン)』をぶっ潰(つぶ)す気なんじゃないのか？」

「どっちも、うちは歯牙(しが)にも掛けてない」

「歌舞伎町の暴力団事務所に次々に自爆ドローンが突っ込んで、大勢のやくざと市民が死んで、重軽傷者の数も多い」

「そうだな。二次団体の組長や理事が爆殺されて、神戸連合会の直参組長十九人も爆死した。六代目会長は一命を取り留めたらしいがな。取っ捕まった実行犯のひとりは九侠会の元組員だったそうだから、九州の最大組織が首都圏と関西の裏社会を乗っ取る気でいるんじゃないのか」

「いや、九俠会は神戸連合会の事件には関与してないだろう。捕まった実行犯は破門されてたんだ。九俠会がそんな半端野郎を実行犯に選ぶとは考えられない」

「ということは、どこかの誰かが九俠会の仕業に見せかけて神戸連合会の総本部を爆破させた？」

石橋が言った。

「ああ、おそらくな。半グレ連中は、やくざや不良外国人に怯えたりしていない。捨て身で生きてるからだろう。その気になれば、裏社会を牛耳ることもできそうだな」

「『無敵同盟』が一連の爆破事件の絵図を画いたと疑ってるのか⁉　うちは、どの事件にも絡んでないよ」

「本当だなっ」

「もちろんだ」

「なら、外国人マフィアの犯行なのか。そう疑える情報は耳に入ってないか？」

「いや、全然」

「そうか。ちゃんと二億円を持ってこいよ」

多門は通話を切り上げた。一服してから、ボルボを『フリーダム・エンタープライズ』の前の通りに戻す。

石橋が本当に二億円の口止め料を払う気になったとは思えない。手下か犯罪のプロを使って、こちらの正体を突き止めさせる気になるのではないか。

多門はそれを知りながらも、臆（おく）することなく罠に嵌（は）まることにしたのだ。石橋は汚れ役の人間を会社に呼び寄せるのではないか。

多門はそう考え、張り込みを再開したのだ。午後四時を回っても、汚れ役を引き受けたと思える男たちは、石橋の会社を訪れない。汚れ役は直接、みなとが丘ふ頭公園に向かうことになったのだろうか。

そうなのかもしれない。多門は早めに目的の公園に行って、周辺を回ってみることにした。そうすれば、石橋の指示を受けた者が見つかるかもしれない。

またロングピースに火を点ける。半分ほど喫（す）ったとき、田上組の箱崎から電話がかかってきた。

「多門さん、関東御三家の武闘派やくざが混成チームを結成して、関西の極道どもを皆殺しにする気のようです。すでに血の気（け）の多い連中はワンボックスカーやワゴン車に短機関銃（サブマシンガン）、ロケット・ランチャー、ダイナマイト、手榴弾（しゅりゅうだん）なんかを積んで大阪や兵庫に向かったそうです」

「それぞれの組長や理事を爆殺したのは、西の勢力と思い込んでるんだな」

「ええ、そうなんでしょう。神戸連合会の総本部が爆破されましたが、それはカムフラージュかもしれないと疑いはじめた連中が関西に向かったようです」

「つまり、六代目会長が全国統一を狙って関東やくざたちを大量に殺し、自分の組織の直参組長を始末した？」

「ええ、もしかしたらね。六代目会長は、ほぼ全身に火傷を負いながらも、一命を取り留めたでしょ？　総本部の爆破は自作自演だったのではないかと推測する者たちが出てきたんじゃないですかね」

「箱崎、おまえもそう筋を読んでるのか？」

多門は訊いた。

「いいえ、自分は狂言だったとは思っていません。六代目会長は一時、危険な状態に陥ったようです。下手したら、焼死してたでしょう」

「だろうな。仮に六代目会長が全国統一を願っていたとしたら、あまりにも危険な賭けじゃないか。まさかそんなことはしないだろう」

「そうですよね。住川会、稲森会、極友会の二次組織のトップ三人が自爆ドローンで殺られたんで、関東やくざはガードを固めます」

「そうだろうな。関東御三家のトップたちは自分らもそのうち標的にされると考えてるだろうから、警備を強化してるにちがいない」

「真偽はわかりませんが、住川会の総長は自宅の庭に突貫工事でシェルターを造らせたという噂も自分の耳に入ってきました」

「そうなのか」

「ですが、それは単なる噂にすぎないと思います。住川会の総長は任俠道に従って常に筋を通してきた方ですから、命を惜しんで自分だけシェルターに避難することはないでしょう」

「おれも、そう思うよ。総長は男の美学を大事にしてるようだったから、逃げ隠れなんかしないだろう」

「ええ、自分もそう思います」

「箱崎、チャイニーズ・マフィアに不穏な動きは？」

「いまのところ、上海グループと北京グループに不審な点はありません」

「そう。ほかの不良外国人がテリトリーを拡大したがってる様子は？」

「そういう気配もうかがえませんでした」

「となると、新手の犯罪組織が日本の裏社会をそっくり乗っ取る気なのかもしれないな。それとも、極東マフィアが一連の犯行を踏んだのか」

「事件現場周辺で、怪しいロシア人を見かけたという情報はありませんよね？」

「いまのところはな。犯行目的は、やくざ狩りなんだろうか」

「そう思われますね」

「果たして、それだけなのかな」

「多門さん、犯人グループはほかに何を企んでるんでしょう？」

「それがまだ透けてこないんだ。箱崎、暴力団撲滅だけが犯行目的じゃないのかもしれないぞ」

「えっ、そうなんでしょうか。何かわかったら、また電話します」

箱崎が通話を切り上げた。

多門は午後五時になる前に張り込みを終わらせた。近道を選んで、第一京浜に乗り入れる。南大井交差点を左折し、大井競馬場を右手に見つつ進んだ。

道なりに行けば、東京港に達する。みなとが丘ふ頭公園は少し手前にある。三角形の公園だ。

多門は公園に沿ってボルボを走らせ、国際コンテナターミナルの横を低速で抜けた。それから、東海一帯の通りをくまなく走ってみた。

不審な車は目に留まらなかった。怪しい人影も見当たらない。石橋の手下か、犯罪のプロはすでに公園内にいるのではないか。

いつの間にか、黄昏が迫っていた。

多門はボルボを公園から少し離れた場所に停めた。すぐにライトを消し、エンジンも手早く切る。あと十五分ほどで、約束の午後六時だ。そのうち石橋が自らベントレーを運転して、二億円の受け渡し場所に現われるだろう。

多門は待った。

しかし、石橋はいっこうに姿を見せない。約束の時刻を十分過ぎても、『無敵同盟』のリーダーは現われなかった。半ば予想していたことだった。

多門は車を降り、みなとが丘ふ頭公園に足を向けた。

園内は、ひっそりとしている。人の姿はなかった。多門は足音を殺しながら、園内に入った。

遊歩道を数十メートル進んだとき、片方の耳の近くを何かが掠めた。多門は反射的に姿勢を低くした。次の瞬間、頭上を風圧が通り抜けていった。背後の園木の幹に鋼鉄球が埋まったようだ。視認はできなかった。

「石橋の番犬、出てきな」

多門は声を張り上げた。

数秒後、植え込みの奥から三十代前半に見える男が現われた。左手には、狩猟用強力パチンコが握られている。スリングショットだ。

大きな鋼鉄球を使えば、大鹿やバッファローも一発で仕留めることが可能だ。ただし、眉間を狙う必要がある。

日本ではあまりスリングショットは普及していないが、アメリカやヨーロッパでは狩猟用として広く用いられている。ネット通販でも購入できるが、買わないほうがいいかもしれない。それほど殺傷力が強い武器だ。

「おたく、ただのブラックジャーナリストじゃないな。いったい何者なんだ？」

スリングショットを持った男が訊いた。

「その質問にはノーコメントだ。約束の二億円は、石橋の車のトランクに入ってるのか」

「めでたい奴だ。石橋社長は『無敵同盟』のリーダーだぜ。恐喝に応じるわけないだろうが！」

「やっぱり、そうだったか。そっちは石橋の鞄持ちをやってるのか？」

「わたしは総務部長だよ」

「名前は？」

「そこまで教える気はない。そんなことより、滝沢修司は本当にうちの会社の非合法ビジネスの証拠を握ってたのか？」

「社長の石橋にそう言ったぜ。それだから、石橋は二億円の口止め料を払う気になったんだろう」

「おたく、甘いな。社長が本気で口止め料を払う気になるわけないじゃないか」

「このおれの口を封じろって命令されたようだな」

「当たりだ。死にたくなかったら、社長から金をせびろうとしないことだな」

「おれは負けず嫌いでな、これまで一度も尻尾を巻いたことがないんだよ」

多門は言い返した。

「なら、仕方がない」

「おまえ、人を殺したことがあるのか？」

「それはないけど、半殺しにした奴は三十人以上いるよ」

「その程度じゃ、殺人（コロシ）はやれねえな」

「なめやがって！」

相手がいきなり立ち、スリングショットに大振りの鋼鉄球をセットした。太い強力ゴムが耳まで引かれる。

多門は前に跳（と）んで、自称総務部長に組みついた。

大腰で投げ飛ばし、倒れた相手の腹を蹴（け）り込む。相手が体を丸めて、長く唸（うな）った。

そのすぐ後（あと）だった。

繁（しげ）みの中から矢が飛んできた。洋弓銃（クロスボウ）の矢だった。三十歳前後と思われる男が遊歩道に躍（おど）り出て、洋弓銃に二（に）の矢を番（つが）えた。

多門は地を蹴った。

高く跳（と）んで、洋弓銃を構えた男の顔面と腹部に連続蹴りを見舞う。相手はいったん反り身になって、前屈（かが）みに倒れた。洋弓銃と矢が地べたに落下する。

多門は着地するなり、矢を拾い上げた。無言で、倒れた男の太腿（ふともも）に矢を浅く突き刺す。

少しもためらわなかった。男が長く呻き、四肢を縮めた。

多門は手早く洋弓銃の矢を引き抜き、逃げる素振りを見せた仲間に駆け寄って、相手の背中に血の付いた矢を沈める。自称総務部長が唸りながら、棒のように倒れた。

すかさず多門は椰子の実大の膝頭で、相手の腰を押さえた。

「てめえの名を教えろ！」

「井口、井口太陽ってんだ」

「洋弓銃を持ってた奴の名は？」

「吉見、吉見翔だよ」

「石橋は、この近くにいるんだろ？」

「あ、ああ。勝島橋の近くで待機してるはずだ。おれたち二人がおたくを生け捕りにしたら、社長に連絡することになってたんだよ」

「なら、すぐ石橋に電話しろ」

「わかったよ。電話するから、早く背中に刺さった洋弓銃の矢を抜いてくれないか」

井口が哀願した。

多門は矢を引き抜いた。足を使って、井口を横向きにする。

井口が懐からスマートフォンを摑み出し、石橋に連絡した。通話は短かった。

「社長は、すぐこっちに来るそうだ」

「そうかい。おまえら二人は、おとなしくしてな」

多門は井口の側頭部を蹴り込んでから、公園の出入口付近に身を潜めた。

少し待つと、黒いベントレーが出入口のそばに停まった。ヘッドライトが消され、エンジンも切られる。

多門は中腰で遊歩道に近づいた。

数十秒後、石橋が目の前を通過した。多門は石橋の背後に迫り、太い右腕を首に回して、ぐいぐいと締め上げた。

いわゆる柔道の裸絞めだ。ほかの格闘技では、チョーク・スリーパーと呼ばれている。

石橋はあっさり落ちた。気絶したまま、尻から崩れる。多門は石橋の体を探った。腰の後ろに、消音器付きのマカロフPbが差し込んであった。ロシア軍の将校用高性能拳銃をベースに特殊任務用に開発された銃だ。

多門はマカロフPbを奪ってから、石橋の背を膝頭で思うさま蹴った。石橋が息を吹き返す。

「井口と吉見って手下は少し痛めつけたんで、二人とも転がってるよ。二億円が惜しくなったか。え？」

「それもあるが、おたくを生かしておくと、不安材料がなくならないんで……」

「それだから、二人の部下たちにこっちを始末させようとしたのか。もし失敗したら、てめえ自身がマカロフPbを使うつもりだったんだな」

「あっ、そのサイレンサーピストルはおれが持ってた物じゃないか」

「そうだ。こいつは戦利品として貰っとく。文句ないなっ」

「好きにしろ！　滝沢が持ってたという立件材料をこっちに渡してくれるなら、本当に二億払うよ」

「その商談は日を改めよう。それより、そっちは誠忠会の進藤とつき合いがあったんだろう？」

「少しね。進藤は恩知らずなんだ。おれが募金詐欺がいい内職になると知恵を授けてやったのに、うちの裏ビジネスのことをちらつかせて、一億五千万円の口止め料を寄越せなんて言いやがったんだ」

「だから、第三者を使って進藤を自殺に見せかけて始末したわけか」

「そうだよ。進藤を始末してくれた男は殺し屋らしいんだが、佐藤と自称しただけだった。おれは指定された電話ボックスに進藤の顔写真と殺しの報酬三百万を置いてきたが、一度も会っていないんだ。そいつとは闇サイトで知り合って、メールで代理殺人を依頼したんだよ」

「その話、すんなりとは信じられないな。ま、いいや。滝沢さんにも非合法ビジネスのことを知られたんで、要求された一億円を『三田レジデンス』の八〇八号室の前に置いたって話だったな」

「そうなんだが、今後も金をせびられるかもしれないと思ったから、裏サイトで見つけた奴に道玄坂のレンタルルームで滝沢修司を殺(や)ってもらったんだ。そいつは加瀬(かせ)と名乗ってた。犯行後、フィリピンかタイに高飛びしたんだが、その後のことはわからない」

「事件前夜に滝沢さんに密告電話をかけたのは、そっちなのかっ」

「ああ、ボイス・チェンジャーを使ってな」

「喋(しゃべ)った通りなら、二件の殺人教唆(きょうさ)ってことになるな。無期懲役で済むかどうか。運が悪けりゃ、死刑判決が下(くだ)されるだろうな」

「まだ死にたくない。おれ、死にたくないよ」

石橋が、なぜか眼を逸(そ)らした。何か糊塗(こと)しようとしているのか。もっともらしい嘘(うそ)をついて、この場を切り抜けようと考えているのかもしれない。石橋は追いつめられ、作り話をしたのだろう。多門はそう直感した。

「こっちは、自分の手は決して汚さない悪党が大っ嫌いなんだ」

「おれを警察に売る気なのか⁉　や、やめてくれ。頼むよ。おたくに三億円払う！　だから、見て見ぬ振りをしてくれないか。お願いだ」

「考えてみよう。また会おうや」

多門は言って、マカロフＰｂの銃把(グリップ)の底で石橋の頭頂部を強打した。石橋が両手で頭を抱(かか)え、横倒しに転(ころ)がった。

多門は冷笑して、足早に公園を出た。石橋は犯した罪を隠そうともしなかった。どう考えても不自然だ。何か裏があるに違いない。どんなからくりがあるのだろうか。いまに真相を暴いてやる。多門は脳の中で吼(ほ)えた。

石橋は誰かを庇(かば)って、身替わり犯になる気なのではないか。むろん、大きな見返りがあるのだろう。

多門はボルボに向かった。大股だった。

2

二人前の焼きうどんを平らげた。

多門はペーパーナプキンで口許(くちもと)を拭(ぬぐ)った。百軒店(ひゃっけんだな)のカウンターバー『紫乃(しの)』だ。石橋を痛めつけてから、久々に馴染(なじ)みの酒場に顔を出したのである。自分のほかに客はいない。

「相変わらず早喰いね。ちゃんと噛まないと、胃を悪くするわよ」

留美ママが呆(あき)れ顔で言った。元新劇女優で、もう六十歳過ぎだ。いまは亡きジュリエット・グレコに顔立ちが似ているからか、ほぼ黒い衣服しか身に着けない。

「仕事が忙しくて、なかなかママの店に来れなかったんだよ」

「宝石を購入できるような富裕層は別として、一般市民は物価高騰に泣かされてる」

「そうだね。コロナと物価高騰で暮らしはきつくなってるね」

「ほんと、ほんと！」

「ママも大変だろうな」

「カウンターに仕切りのアクリル板を並べてから、客足が減っちゃったの。酒場がこんなふうじゃ、興醒めだものね？」

「そうだな。ママには世話になってるから、赤字のときは十万、いや、百万でもカンパするよ」

「クマちゃんの気持ちだけいただいておくわ。赤字になる月もあるけど、まだ少し貯えがあるから……」

「そう。アブサン、テキーラ、それからバーボンのボトルを入れておいてよ」

多門は言った。

「クマちゃん、気を遣わないで。まだボトルが空になってないじゃないの」

「ママは欲なしだな。もっと欲を出さないと、この店、潰れちゃうよ」

「それも人生だわ」

「そこまで達観しちゃってるのか」

「久しぶりにクマちゃんが顔を出してくれたから、切り干し大根を作るわね」

ママが言って、鍋に手を伸ばした。

多門は顔面を綻(ほころ)ばせ、ロングピースに火を点けた。表向きは全席禁煙になっていたが、常連客の全員が喫煙者だった。

一服し終えたとき、田上組の箱崎から電話があった。

多門はスマートフォンを懐から掴み出し、店の外に出た。あたりに人影はなかった。

「箱崎、何か動きがあったんだな？」

「ええ。関東御三家の混成チームが神戸連合会と浪友会に殴り込み(カチコミ)をかけて、返り討ちにあったようです。それから神戸連合会の武闘派数十人が北九州市の九俠会本部に手榴弾(しゅりゅうだん)を投げ込み、短機関銃を撃(う)ちまくって大勢の死傷者が出たそうです」

「武闘派連中は早合点(はやがてん)して、十九人の直参組長を爆死させたのは九俠会のメンバーと思い込んだんだろうな」

「ええ、そうなんでしょうね。誰かが偽情報で組織間の対立を煽(あお)ってるんじゃないんですか」

「ああ、そうなんだろうな。関東御三家の三人のトップは無事なのか？」

「現在はね。でも、歌舞伎町の二次団体の組長や大幹部が爆殺されました。そのうち三人の総長や会長も命（タマ）を奪（と）られることになるかもしれません」

「そうだな。箱崎、何か新情報が入ったら、すぐ教えてくれないか」

「わかりました。では、これで……」

箱崎が電話を切った。多門はスマートフォンをポケットに入れ、『紫乃』の中に戻った。

「クマちゃん、今度はどんな女にのめり込んじゃってるの？」

ママが鍋を見ながら、からかった。

「おれは女好きだけど、ちゃんと仕事もしてるよ。取引先から電話があったんで、店の外に出たんだ」

「そうなのかな。うふふ」

「信じてもらえねえか」

多門は苦笑して、スツールに腰かけた。アブサンを傾（かたむ）ける。アルコール度が高い。

少し待つと、切り干し大根ができ上がった。多門はママにビールを奢（おご）り、さっそく箸（はし）を取った。いつもながら、切り干し大根はうまかった。懐（なつ）かしい味だ。

「ママ、最高にうまいよ」

「そう言ってもらえると、作り甲斐（がい）があるわ。それはそうと、先日、この近くのレンタルルームで殺人事件が起こったんだけど、クマちゃん、知ってるわよね」

ママが確かめた。

「実は、殺害された滝沢修司さんのことはよく知ってるんだ。おれが田上組にいたころに親しくなったんだよ」

「あら、そうだったの。新聞報道によると、その被害者は巨額詐欺を働いて四年半ほど服役してたようね」

「そうなんだ。けど、心をすっかり入れ替えて出所後に前科者の更生に尽力してたんだよ。なかなか働き場の見つからない犯罪歴のある男女の支援をしてたんだ」

「そのことは一部のマスコミが報じてたわね。巨額詐欺をやったことはよくないけど、罪を本気で償う姿勢は立派だと思うわ」

「そうだよな。滝沢さんを刺殺した犯人がまだ捕まってないんで、おれ、仕事の合間に少し情報集めをしてみたんだが、有力な手がかりは得られなかった」

「そうなの」

「ママ、この近所で商売してる人たちから事件に関する情報を聞いてない？」

「テレビで流されたニュース程度のことは知ってるけど、そのほかは特に……」

「そうか」

「殺害された被害者は出頭前にフランチャイズ加盟店に騙し取ったお金のほぼ全額を返したのよね？」

「それは事実だと思うよ。誠忠会を破門された進藤という奴が滝沢さんに募金詐欺を知られたんで、最も疑わしいと睨んでたんだが、そいつは自殺に見せかけて殺されてしまったんだ」

「そうなら、進藤とかいう元組員が刺殺犯を手引きしたんじゃなさそうね」

「その進藤は『無敵同盟』という半グレ集団の石橋というリーダーが非合法ビジネスで荒稼ぎしている事実を恐喝材料にして、一億五千万円の口止め料をせしめようとしたようなんだ。それから、滝沢さんも石橋のダーティー・ビジネスのことを調べ上げて、更生すべきだと説教してたんだよ」

多門はアブサンで喉を湿らせた。

「それなら、石橋という半グレ集団のリーダーが滝沢さんを誰かに片づけさせ、それから元やくざの進藤を始末させたんじゃない？」

「実はおれ、石橋に揺さぶりをかけたんだ。石橋は裏サイトで実行犯を探して、滝沢さんを葬らせたとあっさりと認めた。ただ、その裏付けは取れてないんだ。石橋は嘘をついた可能性が高いんだよ。バックにいる人間を庇ってる様子がうかがえたんだ」

「そうだとしたら、石橋って男はどんな見返りを期待してるわけ？」

ママが考える顔つきになった。

「歌舞伎町一帯が爆破されて、たくさんのやくざ者や一般市民が死んだよね」

「ええ、びっくりしたわ。だって、常軌を逸した蛮行だもの。終戦直後の新宿も無法地帯だったみたいだけど、それほどアナーキーな事件を引き起こした筋者はいなかったんじゃない？」

「だろうね。まだ証拠を掴んだわけじゃないんだが、『無敵同盟』の石橋はフェイク情報を流して、半グレ集団、広域暴力団、外国人マフィアたちを敵対させ、弱体化を狙ってるんじゃないだろうか」

多門は独りごち、ロングピースに火を点けた。

「反社団体を反目させて潰し合いをさせれば、裏社会から邪魔者が消えることになるわよね」

「そうなんだ。そうなれば、それこそ怖いものなしになる。『無敵同盟』は裏社会を牛耳ることができるかもしれねえ」

「クマちゃん、ちょっと待ってよ。『無敵同盟』のメンバーは数百人しかいないんでしよ？」

「正式なメンバーは三百五十人前後しかいないんじゃないか」

「そんな少ない数じゃ、とても裏社会の新帝王にはなれないでしょ？　どこも組員数がだいぶ少なくなったけど、やくざにもそれなりの意地があるはずよ。半グレたちがどんなに暴れても白旗なんか……」

「石橋が率いてる半グレ集団は正業ビジネスでも成功してるし、裏ビジネスでだいぶ甘い汁を吸ってきたにちがいない」

「そうなの」

「軍資金がたっぷりあれば、外国の武器商人から銃器を闇ルートで買い集められるだろうし、ロケット・ランチャーや小型ミサイルも購入できると思う」

「でしょうね。だけど、三百五十人前後で裏社会を支配するなんてことは無理よ」

ママが異論を唱えた。

「その気になれば、戦争のプロと言われてる国外の傭兵を雇うこともできる。フランス陸軍外国人部隊OBが各国の軍事会社で何千人も働いてるらしいんだ。そういう頼りになる助っ人を大勢集めれば、日本の裏社会の新支配者になれるんじゃねえかな」

「石橋は殺人を依頼したことをあっさり認めたのよね」

「そうなんだ。だから、おれは石橋が背後にいる黒幕を庇ってるんではないかと推測したんだよ」

「その人物が一連の事件の首謀者だとしたら、その目的は何なんだろう?」

「ベンチャービジネスや投資で大成功を収めた人間は、企業恐喝屋や経済マフィアたちに不正や役員のスキャンダルを握られたら、それこそ骨までしゃぶり尽くされる」

「でしょうね。でも、自分の息のかかった者が裏社会を支配してたら、そういった輩を追い払えるんじゃない?」

「政治家も弱みにつけ込まれやすい。新興企業のトップも同じだ。石橋のバックには、そうした成功者がいるのかもしれないな」

「そうなのかしら？」

「だから、石橋はすべての罪を単独で被って点数を稼ぎたいんじゃねえのかな。そう考えれば、奴があっさり口を割ったことが腑に落ちるんだ」

多門は、短くなった煙草の火を灰皿の底で揉み消した。

数秒後、懐でスマートフォンが鳴った。手早くスマートフォンを摑み出す。発信者は杉浦だった。

「取引先の社長からの電話なんだ。クレームなのかもしれねえな。また、ちょっと外に出るよ」

多門はママに断って、急いで表に出た。

「クマ、女とホテルにしけ込んでるのか？」

「そうじゃないんだ。百軒店の『紫乃』で一杯飲ってるんだよ」

「すぐそばにママがいるのかな？」

杉浦が訊いた。

「いや、店の外にいるんだ」

「なら、喋っても大丈夫だな。北海道警にいる知り合いに電話で探りを入れてみたんだが、正体不明の数人の白人男が札幌市内にある北信会の本部事務所の動きを交互にうかがってるらしい。ロシア人かもしれねえな」

「道内最大の北信会は十年以上も前からロシア領海で水揚げされた毛蟹、花咲蟹、鮭、鰊、鰈を不正輸入してるという噂があったよね」

「それは、ただの噂なんかじゃない。水産物の不正輸出入は公然の秘密だよ。大型スーパーで安く売られてる鱈場蟹のほとんどは密輸品かもな」

「北信会はユジノサハリンスクとハバロフスクに拠点を置いてる極東マフィアと長いこと蜜月関係にあったはずだが、密輸を巡って何かトラブルが発生したんだろうか」

「それも考えられるが、極東ロシアン・マフィアはウクライナの件でロシア制裁に加わってる日本の北海道を占領する気になったんじゃねえかな。で、北信会の動きを探ってるのかもしれないぜ」

「いくらなんでも、そこまで荒っぽいことはしないと思うがな」

「わからねえぞ。ロシアはクリミア半島を占領して、その後、ウクライナに侵攻したんだ。北方領土を返還しろと言いつづけてる日本がうっとうしくなったんで、まず極東マフィアに北信会を弱らせてから、軍に道内を制圧させる気なんじゃねえのか」

「杉さん、発想がちょっと劇画チックだよ。ロシアが横暴なことは認めるが、そんなことをしたら、日本とロシアの戦争になっちまうぜ」

「ちょっとリアリティーがなかったか」

「と思うよ。ただ、極東マフィアは北信会を強引に傘下に収めて、水産物、麻薬、銃器の密輸ビジネスを拡大したいと考えてるのかもしれないな。極東マフィアは軍隊と同じような兵器や武器を揃えてるようだから、北信会を手中に収めることは可能だろう」

多門は言った。

「それは、たやすいだろうな。道内の下部団体や友好組織が結集しても、極東マフィアには太刀討ちできっこない」

「だろうね。警察や自衛隊が出動することになっても、ロシアン・マフィアはいったん地下に潜って北信会をコントロールしつづけそうだな」

「クマ、いいヒントをくれたな。日本のやくざ、半グレ集団、不良外国人グループにフェイク情報を流して対立させ、弱体化を狙ってるのは極東マフィアかもしれねえぞ」

「日本の自衛隊や警察を刺激しないで、裏社会を上手に潰せば、極東マフィアが日本の裏社会の新しい支配者になることもできそうだな。石橋は極東マフィアに協力して、自分も漁夫の利を得たいと考えてるんだろうか」

「クマ、話が飛躍してるな。そっちの筋読みをわかりやすく喋ってくれや」

杉浦が言った。多門は説明が足りなかったことを詫び、自分の推測を語った。

「クマの推測だと、石橋の背後にロシアン・マフィアがいる疑いは否定できないよな。けど、石橋に黒幕がいるとしたら、それは日本人じゃねえのか。そのほうが信頼関係を保ちやすいだろう。見返りも大きいだろう。裏社会の新帝王になれれば、それこそメリットだらけだ」

「デメリットもあるよ。極東マフィアの手を借りて北海道を支配できるようになっても、黒幕に裏切られるかもしれないぜ」

「それ、考えられるな」

「ちょっと話は逸れるが、石橋が黒幕らしき人物を必死に庇ってるようだという話だったよな。そいつは、かなりの大物とも考えられる」

「そうなんだろう。泳がせてる石橋に交代で張りついてれば、そのうち事件の真相が見えてきそうだな。クマ、密に連絡を取り合おうや」

杉浦がそう言い、先に通話を切り上げた。

多門はスマートフォンを懐に戻した。その直後、暗がりから黒いキャップを被った男が飛び出してきた。上背があった。暗くて顔かたちは判然としない。

「何か用か？」

多門は問いかけた。

相手が無言でスプレーを多門の顔面に吹きつけた。すぐに両目が見えなくなった。

どうやら催涙ガスを撒かれたようだ。瞳孔がちくちくして、瞼を開けられない。

「石橋から口止め料をせしめるなんてことはやめたほうがいいな」

男が言った。

「『無敵同盟』のメンバーかっ」

「好きなように考えてくれ」

「卑怯な野郎だ。真っ向勝負しやがれ！」

多門は言いざま、右のロングフックを放った。残念ながら、空振りだった。正体のわからない敵は黙したまま走り去った。

3

まるで戦場だ。

路面には不発のロケット弾が突き刺さり、コンクリートの塊や鉄筋が散らばっている。血溜まりもあった。

多門は自宅でテレビの特集番組を観ていた。『紫乃』に顔を出した翌日の午前十一時過ぎである。

テレビに次々に映し出される動画は、事件現場近くに住む視聴者たちが撮影したものが圧倒的に多い。アングルの選び方に工夫はないが、どの映像も生々しかった。緊迫した空気が伝わってくる。

関東御三家の荒くれ者たちで構成された一団は、先に大阪の御堂筋にある浪友会の本部事務所を襲った。武器は日本刀、拳銃、自動小銃、機関銃などだった。手榴弾やダイナマイトも使われた。

浪友会は不意討ちを喰らって、ほとんど反撃できなかった。ただでさえ弱体化していた組織は、何もできなかったのだろう。関東やくざの混成チームは浪友会をぶっ潰すと、兵庫県に移った。そして、県内にある神戸連合会の直参団体の本部事務所をことごとく爆破した。関西の極道たちはしぶとかった。負傷しながらも、短機関銃で応戦した。

それによって、関東やくざの六十数人が射殺され、重軽傷者も数十人に上った。残った組員たちは散り散りに逃げた。

「先日、神戸連合会の総本部が爆破され、直参の組長十九人が亡くなりました。六代目会長は一命は取り留めましたが、退院できる目途は立っていません」

アップで映し出された男性記者がいったん言葉を切り、言い継いだ。

「神戸連合会の血気盛んな構成員たちが北九州の九俠会の本部を爆破し、抵抗した者をあらかた射殺しました。九俠会側も死にもの狂いで抗戦し、関西の暴力団関係者十三人を殺害しました。今回の抗争で、神戸連合会と九俠会の双方が弱体化すると思われます。また、関東御三家も爆破事件で多数の犠牲者を出しましたので、勢力を縮小せざるを得なくなるでしょう」

放送記者が、また間を取った。多門はテレビのボリュームを上げた。

「きょう未明、名古屋市中村区を本拠地にしている中京同志会の本部事務所にロケット弾が六発撃ち込まれ、五階建てのビルは全壊しました。本部内にいた構成員が数十人は亡くなったようですが、詳しいことはわかっていません。なお、犯行グループの六人はおのおのロケット・ランチャーを肩に担いでいたという目撃証言があります。そのことから、警察は一連の爆破事件に元自衛官、元傭兵などが加担しているという見方を強めています」

放送記者の顔が消え、名古屋の中京同志会の崩れ落ちた本部ビルがアップになった。

神戸連合会の六代目会長と直参組長八人は、かつて中京同志会に所属していた。関西極道の流れを汲んでいない者が六代目会長になった。それだけではなく、六代目会長の舎弟たちの半数が直参組長に任命された。そのことに不満を募らせた関西の極道たちが神戸連合会を脱け、二つの分派を立ち上げた。

その結果、神戸連合会は全盛期の半分ほどの勢力になってしまった。関東御三家や中京同志会も昔のような勢いはない。

住川会、稲森会、極友会、中京同志会、神戸連合会、九俠会を潰せば、日本の裏社会に君臨できるだろう。北海道の北信会、仙台の奥州兄弟会、京都の秋津組、高松の鳴戸会などは気骨があることで知られているが、構成員の数はあまり多くない。軍資金が潤沢とは考えにくいだろう。血の抗争が長引けば、早晩、保たなくなるにちがいない。『無敵同盟』の石橋リーダーは裏社会の新支配者になりたくて、黒幕の指示通りに無法者たちをフェイク情報で反目させ、やくざ狩りをしているのではないか。暴力団を残らず解散に追い込めば、後はやりたい放題だろう。

石橋自身が一連の凶悪犯罪のシナリオを練ったとは思えない。背後で石橋を操っていると思われる黒幕は誰なのか。

多門はもどかしい気持ちで、テレビのニュースをチェックし終えた。少しばかり新たな情報を得られたが、有力な手がかりは摑めなかった。

多門は風呂に入り、冷凍パスタを電子レンジで温めた。それだけでは満腹にならない。

多門はフランスパンをスライスし、こんがりと焼いた。

コーヒーとコーンポタージュの両方を用意して、まずパスタを食べた。フランスパンには、バター、チーズ、ピーナッツクリームを塗った。フランスパン一本を丸々食すと、さすがに腹が膨れた。

多門は手早く食器とスプーンを洗い、外出の仕度に取りかかった。といっても、カジュアルな衣服をまとっただけだ。

きょうは、泳がせている石橋翼に張りつく予定になっている。多門は自分の部屋を出て、地下駐車場に置いてあるボルボXC40に乗り込んだ。

まっすぐ六本木の『フリーダム・エンタープライズ』に向かう。二十数分で、目的地に到着した。

多門は車を石橋のオフィスの近くのガードレールに寄せ、グローブボックスの蓋を開けた。奥に石橋から奪ったマカロフPbを隠してある。その手前から他人名義の携帯電話を取り出し、『フリーダム・エンタープライズ』の代表番号に電話をかける。

多門は投資家の振りをして、電話を社長室に回してもらった。別段、怪しまれなかった。

「もしもし、どなたでしょう？」

「おれだよ、おれ！」

「あっ、その声は……」

石橋の声が険しくなった。

「きのうの夜の忠告は、しっかり憶えてるよ」

「忠告？」

「空とぼけやがって！　渋谷の百軒店で、おれはフェイスマスクを被った男にいきなり催涙スプレーを面に掛けられて、そっちのことを嗅ぎ回るなと忠告された。男は、そっちの手下なんだろ？」

「そんな奴を使って、おたくを威させたりしてない」

「往生際が悪いな。罰として、口止め料を倍にしてもらうか。新たにそっちの弱みを押さえたぜ」

多門は、はったりを口にした。

「新たな弱みだって⁉」

「そうだ。そっちはとんでもない野望を持ってやがったんだな」

「もっと具体的に言ってくれないか」

「いいだろう。てめえ、やくざ狩りをやってるなっ」

「なんだよ、それ？」

「主な広域暴力団に偽情報を流して対立させ、潰し合いをさせてるだろうが！　その上、各組織の組事務所を自爆ドローン、ダイナマイトなんかを使って爆破したよな？」

「そ、そんなことはしてないっ」

石橋がうろたえ気味に答えた。

「だいぶ焦ってるな。てめえはヤー公や違う半グレ集団を撲滅したいと考えてるんじゃないのか。それで、裏社会のニューリーダーになりたいようだな」

「根も葉もないことを言ってると、名誉毀損で告訴するぞ」

「いろいろ危いことをやってる男が裁判を起こすだって⁉　笑わせるな。やれるものなら、やってみろ」

「とにかく、やくざや別の半グレ集団を壊滅させようなんて考えたこともないよ」

「おれが言ったことには、ちゃんと裏付け(ウラ)がある」

「ええっ⁉」

「思い当たることがあったんで、驚いたようだな。場合によっては、てめえに協力してやってもいいぜ」

「何か誤解されてるようだな。裏社会を支配したいなんて野望を抱いたことは、ただの一度もないよ」

「それで、逃げられると思ってんなら、甘いぜ。繰り返すが、てめえの野望を裏付ける証拠を握ってるんだ」

「いい加減なことを言うな。例の口止め料はちゃんと払う。だから、もう電話を切るぞ」

「高圧的に出ると、後悔することになるぜ」

多門は言った。

一拍置いて、石橋が無言で電話を切った。多門は薄く笑って、他人名義の携帯電話をグローブボックスの中に戻した。ロングピースをくわえる。

石橋は何らかの形で、一連の爆破事件に関わっていると推測できる。残念ながら、まだ追及できる証拠は握っていない。いま深追いするのは得策ではないだろう。

多門は紫煙をくゆらせながら、張り込みつづけた。『フリーダム・エンタープライズ』の地下駐車場から見覚えのある黒いベントレーが走り出てきたのは、午後四時過ぎだった。

石橋自身がステアリングを握っている。多門はベントレーが遠のいてから、ボルボを発進させた。

ベントレーは裏通りから青山通りに出て、渋谷方向に走っている。石橋は、『無敵同盟』の幹部たちとどこかで落ち合うのか。あるいは、密かに愛人を囲っているのだろうか。行く先の見当はつかなかった。

やがて、ベントレーは青山三丁目交差点を左折して青山霊園の斜め前にあるスポーツクラブの専用駐車場に入った。

石橋はトランクルームからスポーツバッグを取り出すと、馴れた足取りでスポーツクラブの中に消えた。多門はボルボを青山霊園の際に駐め、スポーツクラブのエントランスホールに足を踏み入れた。正面に受付カウンターがある。

多門は刑事を装うことにした。カウンターに歩み寄ると、陽灼けした若い男がにこやかに問いかけてきた。

「ビジターの方でしょうか？」

「いや、警察の者なんだ」

多門は平然と言い、偽の警察手帳を呈示した。クローク係が緊張した顔つきになった。

「少し前にこのスポーツクラブに来た石橋翼は、会員のようだね？」

「はい、そうです」

「誰かの紹介で入会したのかな？」

「ええ。ですが、会員の方のプライバシー絡みのご質問にはお答えできません。石橋さまが何か犯罪に手を染めたとおっしゃるなら、捜査に協力いたしますが……」

「まだ逮捕状が出てるわけじゃないんだ。ただね、石橋翼がある事件に関与している疑いが濃くなったんだよ」

「それは、どのような事件なのでしょう？」

「そういう質問には答えられないんだ」

「ええ、そうなんでしょうね」

「石橋はロッカールームに向かったのかな？」

「はい、そうです。いつも週に三回お見えになって、トレーニングマシーンで体を痛めつけてから、プールでゆっくり泳がれるんですよ」

「ジムにほかの会員かビジターを伴って現われることは？」

多門は問いかけた。

「そういうことは一度もありませんでした。ただ、地下一階にある温水プールで泳いだ後、三階のスカッシュのコートをよく覗いています。ご本人はスカッシュはおやりにならないのですが、関心がおありのようで……」

「そうなんだろうね。トレーニングウェアに着替えたら、石橋はまずトレーニングマシーンのあるジムに行くのかな？」

「ええ、そうです。それから一休みして、次に水泳をおやりになるんですよ。それがルーティンですね」

「わかった。石橋が事件関係者とここで接触することはないだろうが、念のためにチェックさせてもらいたいんだ。トレーニングマシーンがあるのは二階なんだね」

「はい、そうです。どうぞごゆっくり……」

クロークマンが深々と頭を下げた。

多門は受付カウンターから離れ、階段を使って二階に上がった。変装用の黒縁眼鏡をかけてから、トレーニングマシーンの並んだジムを覗く。
七、八人の男が思い思いにトレーニングマシーンを動かし、汗をかいている。石橋は奥まった場所で両腕の筋肉を鍛えていた。
退屈な時間は流れが遅く感じられる。多門はボルボに戻って、グローブボックスからマカロフPbを取り出したくなった。石橋をロッカールームに連れ込んで片方の腕か脚に九ミリ弾を撃ち込めば、隠していることを喋るのではないか。

しかし、スポーツクラブで騒ぎを起こしたら、自由に事件の背景を調べ回ることができなくなるだろう。逸る心を抑えて、石橋の様子をうかがいつづける。

石橋は一時間ほどでトレーニングを切り上げ、いったんロッカールームに入った。スポーツバッグを提げ、地下一階のプールに移動した。できるだけエレベーターは使わないようにしているのか。多門は石橋に倣った。

石橋はスイミングウェアに着替えると、プールサイドで柔軟体操をした。それからクロールで二百メートル泳ぎ、平泳ぎと背泳ぎを百メートルずつこなした。泳ぎは得意らしく、フォームもよかった。

メニューを消化すると、石橋はシャワーを浴びてロッカールームに入った。六、七分待つと、『無敵同盟』のリーダーは階段を使って三階に上がった。

多門も同じ階まで駆け上がった。スカッシュのコートが四面あり、それぞれ会員たちが交互にボールを壁に当てて打ち合っている。

石橋は最も端のコートの前まで進み、強化ガラス越しに二十分ほどプレイを眺めていた。それから、エレベーターホールに向かった。

多門は急ぎ足で石橋を追った。

端のスカッシュ・コートを何気なく見ると、知った顔が目に留まった。滝沢修司の幼友達の田所淳だった。通夜のとき、滝沢の柩を抱いて号泣していた人物だ。

田所は同年配の男性とスカッシュに熱中していた。石橋は田所と目も合わせていないはずだ。同じスポーツクラブに二人がいたのは、単なる偶然だろう。

多門は石橋を追跡した。石橋の乗った函(ケージ)は下降しはじめていた。多門は少し待ってから、スポーツクラブのエントランスホールに下(くだ)った。

ボルボに乗り込み、石橋のベントレーが出てくるのを待つ。ところが、ベントレーはなかなか現われない。スポーツクラブ内にあるカフェで一息入れているのだろうか。多門は気長に待つことにした。

一服して、時間を遣り過ごす。三十分経(た)っても、ベントレーは出てこない。

もしかしたら、石橋と田所淳には接点があるのかもしれない。一瞬、多門はそう思った。そうなら、二人はスカッシュ・コートのガラス越しに目顔(めがお)で挨拶を交わしていただろう。同じスポーツクラブに所属していても、親しくしているようではなさそうだ。

「考えすぎだったみたいだな」

多門は独(ひと)りごちた。

数秒後、スマートフォンに着信があった。発信者は『リスタート・コーポレーション』の岩渕専務だった。

「多門さん、大変なことになりました」

「何があったんです?」

「社長宅の台所の床下収納に入っていた一億円が消えてしまったんですよ。札束がそっくり持ち去られ、石橋の名刺もなくなっていました。どうすればいいのか……」

「本当なんですね？」

「こんなこと、冗談じゃ言えませんよ。社長の自宅マンションのスペアキーを預かっていたのは、わたしだけなんです」

「そういう話でしたね」

「ですんで、わたしが一億円の現金を盗み出したと疑われても仕方ないでしょう。ですが、絶対に盗みは働いていません。多門さん、わたしを信じてくれますね」

「ええ。岩渕さんは故人に最も信頼されていた方でしょうから、大金をネコババするようなことはしないでしょう」

「ありがとうございます。それでも、わたしが大金に目が眩(くら)んで……」

「殺害された滝沢さんが石橋の弱みにつけ込んで毟(むし)り取ったかもしれない一億円のことを知ってるのは、専務とこっちの二人だけなんでしょ？」

「あっ、そうでした。わたし、パニックに陥(おちい)って頭が働かなくなってるな」

「岩渕さん、まず落ち着いてください。キーホルダーを社内のどこかに置き忘れたなんてことは？」

多門は訊いた。

「いいえ、ありません。いつも鍵の束を肌身離さず持ち歩いて、自宅マンションに持ち帰ってたんですよ。帰宅後は、必ず手提げ金庫にキーホルダーごと入れるようにしていました」

「誰かがキーホルダーから、滝沢さんの自宅マンションのスペアキーを抜き取ることはできないだろうな」

「ええ、それは無理でしょうね。それなのに、一億円が煙のように消えてしまった。誰かがこっそり大金を盗んだんでしょうね」

「それは間違いないだろうな。マンションのドア・ロックはピッキング道具を使えば、外せることが多い。だから、必ずしもスペアキーは必要ないんですよ」

「そうか、そうですね。多門さん、これから『三田レジデンス』に来ていただけませんか」

岩渕が言った。

「かまいませんよ。現在、青山にいるんです。道路が混んでいなければ、数十分で滝沢さんの自宅に行けるんじゃないかな」

「無理を言って、申し訳ありません。それじゃ、わたし、少し前から八〇八号室の前でお待ちしています」

「そうしていただけますか」

多門は通話を切り上げ、ボルボのエンジンを唸らせた。

4

エレベーターが停止した。

八階だ。『三田レジデンス』である。多門は函から出た。

八〇八号室の前で岩渕専務が屈み込んで、玄関ドアの鍵穴にペンライトの光を当てている。多門は足早に岩渕に近づいた。

人の気配を感じ取った岩渕が発条仕掛けの人形のように勢いよく立ち上がった。

「多門さん、無理を言って申し訳ありません」

「気にしないでください。それより、何をされてたんです？」

「鍵穴の奥を覗いてたんですよ。引っ掻き傷のような疵がありましたので、侵入者はピッキング道具を使ったんだろうな」

「そういうことなら、そうなんでしょうね。岩渕さん、例の大金が消えているのに気づかれたのはいつごろなんです？」

多門は問いかけた。

「あなたに電話をする三十分ほど前です。なんとなく一億円のことが気になったんで、社長の自宅に来てみたんですよ」

「そのとき、ドアのロックは？」

「ちゃんと施錠されていました」

「そうですか」

「ここで立ち話もなんですから、部屋の中に入りましょう」

岩渕がスペアキーを使って、八〇八号室のドアのロックを解除した。先に上がり、玄関ホールの照明を点ける。

多門も靴を脱いで、玄関マットの上に立った。岩渕がダイニングキッチンに向かい、床下収納庫のハッチを開ける。スチールのボックスの中は空っぽだった。多門は岩渕に顔を向けた。

「ボックスを持ち上げて、その下も覗いてみました？」

「ええ」

岩渕がそう答えながら、スチールの箱を引っ張り上げてフロアに置いた。

多門は床面にごつい膝頭を落とし、床下を見回した。厚いコンクリートが見えるだけで、何も隠されていない。

「もう結構です」

「わかりました」

岩渕がスチールの箱を元の位置に戻し、静かにハッチを閉めた。

「滝沢さんの自宅に入られたとき、残り香みたいなものは？」

「そういえば、うっすらと整髪料の香りがしましたね。それから、化粧水の匂いが仄かに……」

「単独犯ではなく、複数による犯行だったんだろうか。一億円を単独で盗み出すのは可能でしょうが、見張り役が必要でしょうからね」

「ええ、そうでしょう」

「ほかに何か気づかれたことはあります？」

「玄関のシューズボックスの下に置いてあった社長のジョギングシューズが乱雑になっていました。窃盗犯たちは大きな袋に札束を入れて、引きずったんでしょうね。それだから、ジョギングシューズがきちんと揃えられていなかったんではないだろうか」

「岩渕さん、居室を検べてみました？」

多門は訊いた。

「犯人の遺留品が落ちているかもしれないと思いましたんで、全室をチェックしてみました。ですが、遺留品らしき物は見つかりませんでした」

「そうですか。このマンション、一階の表玄関に防犯カメラが設置されてたな」

「ええ、そうですね。各階に防犯カメラがあれば、この八〇八号室に忍び込んだ奴がわかるんだが……」

「表玄関に設置されてる防犯カメラの映像はマンション管理会社に保管されてるんでしょ？」

「そうなんですが、入居者の方が換気のために非常口の扉をよく開けてるんですよ。全フロアではありませんけどね。ですので、表玄関を通らずに非常階段からマンションの中に入ることも可能でしょう」

岩渕が言って、長嘆息した。

「失礼な質問になりますが、『リスタート・コーポレーション』の従業員の中に金に詰まってた者は？」

「あ、あなたは会社の人間が大金を盗み出したと疑ってるんですかっ。みんな、贅沢な生活はしていませんが、滝沢社長にそれぞれ恩義を感じてるんです」

「そうでしょうが……」

「消えた一億円のことは、わたしとあなただけしか知らないんです。従業員を怪しんだら、かわいそうですっ」

「しかし、人間は愚かで弱いものです。大きな借金に苦しんでいたら、つい魔が差してしまうことだってあるんじゃないのかな」

「百歩譲って、そうだとしましょうか。でも、会社の従業員はどうやって一億円が社長の自宅にあることを知ったんです？」

「『無敵同盟』の石橋の話だと、滝沢さんの自宅マンションの部屋の前に消えた一億円を置いたらしいんですよ。たまたま会社の従業員の方がスチールの箱の中身を見て……」

「そんなことがあるかな」

「中身が札束とわかったんで、大金を盗み出したとも疑えなくもないですよね。合鍵店か解錠屋で働いたことがある者なら、手製のピッキング道具を作れるでしょう」

「あっ、まさか⁉」

「岩渕さん、どうされました？」

多門は早口で訊いた。

「従業員の間宮勉は、半年ぐらい出張解錠会社でアルバイトをしてたことがあるんですよ」

「以前、髪をブロンドに染めてた彼ですね」

「ええ。間宮はよく社長は恩人だと言っていましたので、恩を仇で返すようなことはしないでしょう」

「多分ね。滝沢さんに世話になりながらも、更生することを諦めた元従業員は？」

「六、七人いますが、誰も恩義は忘れていないと思います」

「でしょうね。岩渕さん、ご相談なのですが、瀬戸奈穂さんに消えた一億円のことをずっと黙っててもいいんでしょうか」

「故人が石橋の裏ビジネスの件で一億円の口止め料を脅し取った疑いはゼロではありません。瀬戸さんには黙っていたほうがいいと思います。彼女は故人を敬い、思慕を寄せていましたので」

「滝沢さんがもし恐喝を働いてたら、大きなショックを受けるでしょうね」

「それは間違いないでしょう。間宮を疑っているわけではありませんが、さりげなく探りを入れてみましょうか？」

「それはやめたほうがいいな。専務に少しでも疑われていると感じたら、間宮君は更生する意欲を削がれるでしょう。こっちがさりげなく探りを入れてみますよ。もちろん、彼を傷つけないようにしてね」

「多門さん、そうしてもらえますか？」

「わかりました。会社に戻られるなら、こっちの車にお乗りください」

「きょうはたまたま会社の車で、ここに来たんですよ」

「そうですか。それなら、先に『リスタート・コーポレーション』に回らせてもらいますね」

「どうぞ、どうぞ！　きょうはお呼びたてして、ごめんなさい」

岩渕が頭を垂れた。

多門は一礼して、玄関ホールに足を向けた。八〇八号室を出ると、すぐ一階に下った。

多門はボルボに乗り込み、故人の会社に向かった。

ほんのひとっ走りで、『リスタート・コーポレーション』に着いた。

多門は車を社有地に置き、社屋に足を踏み入れた。事務フロアに瀬戸奈穂がいた。

「お邪魔します。また、遺骨に手を合わせたくなったので……」

「わざわざ恐れ入ります」

「長居はしないつもりです」

多門は奈穂に導かれ、社長室に入った。両袖机の上に置かれた遺影と骨箱はたくさんの花と供物に囲まれていた。

多門は遺影を見つめ、両手を合わせた。胸中で犯人捜しに手間取っていることを故人に詫びる。合掌を解くと、奈穂が応接ソファを手で示した。

多門は軽く一礼して、ソファに腰かけた。

「コーヒーでよろしいですか？」

「お気遣いなく。坐ってもらえるかな」

「は、はい」

奈穂が向かい合う位置に坐った。

「渋谷署に設置された捜査本部から何か連絡は？」

「特にありません。連続爆破事件が起こっていますので、警察も忙しいんでしょう。日本の広域暴力団が次々に狙われてるようですが、外国人マフィアが日本の裏社会を乗っ取ろうと画策しているのでしょうか」

「どうしてそう思われたのかな」

「関東やくざの御三家や神戸連合会の総本部まで爆破されましたでしょ？」

「そうだね」

「ほかの組織はそんなことはできないでしょうから、外国の犯罪集団の仕業ではないかと思ったのです」

「そうですか」

「日本から暴力団関係者がいなくなるのはいいことですけど、不良外国人が荒っぽい犯罪に走るのは困ります」

「そうだね。ところで、間宮君は仕事で外に出てるのかな？」

「いいえ。きょうは彼、遺品整理に励んでいます。彼が何か失礼なことを言ったのでしょうか？」

「そうじゃないんだ。ちょっと彼に訊きたいことがあるんですよ。十分かそこら間宮君の手を休ませてもいいだろうか」

「ええ、かまいません。彼を作業棟から呼んできましょう」

「いや、こちらから作業棟を訪れるのが礼儀だろう。案内してもらえます？」

「はい」

奈穂が腰を浮かせた。多門も立ち上がって、奈穂に従った。

案内された作業棟は倉庫のような造りで、社屋の斜め奥にあった。

「彼を呼んできます」

奈穂がそう言い、作業棟の中に入った。多門は出入口近くにたたずんだ。

長くは待たされなかった。二、三分経つと、奈穂が間宮勉を伴って戻ってきた。立ち止まると、間宮が先に口を開いた。

「何か訊きたいことがあるそうっすね」

「そうなんだ。仕事を中断させて、悪いな」

多門は間宮に言って、奈穂に顔を向けた。

「ありがとう。ご自分の仕事をされてください。間宮君と少し話をしたら、すぐに引き揚げますんで」

「わかりました。では、ここで失礼します」

奈穂が一礼し、社屋に向かって歩きだした。

「岩渕専務から聞いたんだが、きみは短い間だが、出張解錠会社で働いたことがあるんだってな」

「ええ、そうっす。それが何か？」

「おれの従兄の家に明治時代に製造された金庫があるんだが、だいぶ前に鍵をなくしちゃって、扉を開けられなくなったんだよ」

多門は、とっさに思いついた作り話を澱みなく喋った。

「そうっすか」

「解錠できそうなら、古い金庫のロックを外してほしいんだ。もちろん、相応の謝礼は払うよ。どうだろう？」

「おれには無理っすよ。解錠屋で働いたことはあるっすけど、助手でしたんでね」

「それでも先輩の手許を見てただろうから、ピッキングはできるんじゃないのか。え？」

「ピッキング道具には、おれ、触らせてもらえなかったんすよ。先輩は解錠のコツも教えてくれなかったんすよね。もっぱら合鍵のグラインダー掛けをやらされてたんす」

「そうだったのか」

「腕のいい解錠屋を紹介してもいいっすよ」

間宮が言った。

「考えてみるよ。きみに頼もうと思ってたんだがな。話は飛ぶが、『リスタート・コーポレーション』の新社長は決まったのかい？」

「まだ正式に発表はないけど、岩渕専務が新社長になるみたいっすよ。専務は亡くなった社長の懐刀だったすからね。会社の相談役の芝山さんもそうすべきだと言ってるらしいっすから、ほぼ決まりでしょう」

「社長秘書で、『雑草塾』のチーフの瀬戸奈穂さんは専務に昇格かな?」

　多門は言った。

「そうはならないと思うっす。従業員たちの噂によると、瀬戸さんは社長秘書でなくなったんで、そのうち仕事を辞めるんじゃないかと囁かれてるんすよ」

「えっ、そうなのか。彼女は滝沢さんを懸命に支えてきたようだから、故人の遺志を継ぐと思ってたんだがな」

「瀬戸さんはかけがえのない同志を喪ってしまったんで、張りがなくなってしまったんじゃないっすか。それに彼女は……」

　間宮が言い澱んだ。

「瀬戸さんは滝沢さんが好きだったんだろうな」

「鋭いっすね。自分も、そう感じてたんすよ。けど、滝沢社長は早死にした奥さんへの想いがあったんで、瀬戸さんとの距離を縮められなかったんじゃないっすか」

「滝沢さんのいなくなった職場に通うのは辛すぎるんで、ヨガのインストラクターとホームページ作成の仕事に戻る気になったのかもしれないな」

「多分、そうなんだと思うっす。勝手な言い分っすけど、ボランティア活動はつづけてもらいたいっすね。滝沢社長と瀬戸さんの励ましがあったから、人生に躓いた自分らは更生の道を歩きはじめることができたんす」

「しばらく時間が経てば、瀬戸さんは故人の遺志を継ぐ気になるかもしれないよ」

「そう願いたいっすね」

「仕事の邪魔をして、済まなかったな」

多門は間宮に謝意を表し、体の向きを変えた。ちょうどそのとき、慌てて社屋に走り入る女性がいた。

瀬戸奈穂だった。なぜ彼女は、自分の動きが気になったのか。そう考えるのは穿ちすぎかもしれない。

多門はボルボXC40の運転席に乗り込み、煙草をくわえた。

やはり、滝沢の自宅マンションから一億円を盗み出したのは『無敵同盟』のリーダーなのか。

石橋翼はミスリード工作で、黒幕の存在をぼかそうとしたのではないか。滝沢が石橋の非合法ビジネスの証拠を握って、出頭を促したことは間違いないだろう。

そんな故人が石橋から一億円の口止め料を脅し取るとは考えられない。石橋は滝沢を陥れたくて、狂言を仕組んだのではないか。要するに、滝沢は濡衣を着せられたのだろう。

床下収納庫に隠されていた一億円を滝沢自身が受け取っていないとしたら、何者かが『三田レジデンス』の八〇八号室に忍び込んで、持ち込んだ大金をダイニングキッチンの床下収納庫に入れたのだろう。そして頃合を計って、滝沢の自宅マンションから一億円を回収したのではないか。

そう筋を読めば、石橋が裏サイトで見つけたという自称加瀬に滝沢を殺害させたという自白も、ストーリーにはなっている。進藤の事件も納得しそうになるが、どちらも事実ではないだろう。偽りの自供と思える。

石橋はあえて汚れ役を演じて、背後の人間を庇っている疑いが濃い。自白したことは、すべて虚言(きょげん)だろう。多門はそんな感触を得た。

奪ったロシア製のサイレンサーピストルを使って、石橋を追い込む刻(とき)がきた。多門は一服し終えると、ボルボを走らせはじめた。

二十数分で、『フリーダム・エンタープライズ』のある通りに達した。多門は石橋の会社の近くの路肩にボルボを停めて、そのまま路上駐車する。

数分後、例によって偽電話で石橋が社内にいることを確認した。

多門はラスクとクラッカーで空腹をなだめながら、張り込みに入った。石橋がいつオフィスから現われるか、まったく予測がつかない。

多門はひっきりなしに煙草を吹かしながら、忍耐強く待ちつづけた。

赤坂方面から爆破音が響いてきたのは、街が暮色の底に沈みかけたころだった。巨大な炎が見える。

赤坂には住川会と稲森会の総本部がある。どちらかに、ロケット弾が撃ち込まれたのか。それとも、自爆ドローンが爆ぜたのだろうか。

何分も経過しないうちに、またもや爆発音が轟いた。音のしたあたりに、稲森会の総本部がある。

爆弾テロの標的が関東やくざの御三家だとしたら、新宿区内にある極友会の総本部も爆破されるのだろう。さらに御三家の首領たちも命を狙われるにちがいない。

そうなったら、本州と九州の暗黒社会は空洞になる。日本の暴力地図を塗り替えようと企んでいるのは、いったい何者なのか。

多門は無力な自分が情けなかった。忌々しくもあった。

「くそったれども、必ず闇の奥から引きずり出してやる！」

多門は吼えて、拳でステアリングを叩き据えた。

第五章　歪(ゆが)んだ報復

1

カーラジオの電源を入れる。

すぐにニュースが流れてきた。多門は耳に神経を集めた。

「繰り返しお伝えします。きょうの午後六時過ぎ、港区赤坂にある広域暴力団の住川会と稲森会の総本部が武装集団に襲撃されて、爆破されました。犯行グループは六人で、いずれも軍事訓練を受けたことがあるようです。そのうち五人は日本人の男と思われますが、現場近くで指揮を執(と)っていたのは白人の男でした。部下たちに短いロシア語で命令や指示をしていたことから、その外国人はロシア人と思われます」

男性放送記者が間(ま)を取り、言い重ねた。

「六人の実行犯は軍用炸薬(さくやく)を積んだ自爆ドローンを飛ばし、標的に爆弾を撃(う)ち込みました。さらに、居合わせた暴力団関係者に機関銃を掃射して逃走を図りました。非常線が張られましたが、犯人グループはひとりもまだ捕まっていません。ただいま速報が入りました。住川会、稲森会につづき、極友会の本部事務所も爆破されて炎上中です。同一グループによる犯行と考えられます。死傷者の数など詳しいことは不明です」

放送記者が何秒か沈黙し、また口を開いた。

「新たなニュースが入ってきました。札幌市内に本部を構える北信会のビルが白人の男を含む三人によって爆破され、会長ら幹部十数人が死亡しました。指揮官の白人男性はロシア語で部下に命令をしていたことから、極東マフィアの一員の疑いが出てきました。短い間に全国の暴力団が偽情報に惑わされて、他の反社会的な組織と抗争をはじめました。そうこうしているうちに、構成員の多い暴力団事務所が相次いで拠点を爆破され、組長、総長、理事長の大半が亡くなりました。凶悪な犯罪の目的は、暴力団の撲滅なのでしょうか。治安のよさで知られた日本で、このような暴挙が繰り返されたことは前代未聞です」

マイクがスタジオに返され、多重追突事故のニュースが報じられはじめた。

多門はラジオのスイッチを切った。

確か住川会の三好勇作総長の自宅は高輪にある。多門は張り込みを中断し、総長宅に行くことにした。犯行グループを見かけるチャンスがあれば、何か手がかりが得られるのではないか。

多門はボルボを発進させた。

三十分ほど走ると、三好総長宅の近くに達した。しかし、邸宅の周囲には規制線が張られている。用心のためだろう。規制線の前には制服警官たちが立っていた。おそらく三好邸の前庭には総長のボディーガードたちがいるのだろう。

多門は三好総長宅の周辺を巡回しはじめた。五周したとき、コンテナトラックが路上に駐(と)めてあるのに気づいた。運転席は無人だった。

閑静な住宅街にコンテナトラックが駐めてあることに多門は違和感を覚えた。ボルボを路肩に寄せる。少し迷った末、多門はグローブボックスの中からマカロフPbを取り出した。

石橋から奪ったサイレンサーピストルだ。弾倉(マガジン)には八発の実包(じっぽう)が入っている。消音器一体型拳銃を腰の後ろに差し込み、車を降りる。

多門は近くの住民を装(よそお)いながら、三好総長宅の周(まわ)りを巡(めぐ)った。目を凝(こ)らしたが、不審な人物は見当たらない。

だが、かすかなローター音が耳に届いた。次の瞬間、夜空から大型のドローンが直降下してきた。自爆ドローンだろう。

とっさに多門は物陰に走り入った。

数秒後、大きな爆発音が夜気(やき)を震(ふる)わせた。黒煙(こくえん)と火柱(ひばしら)が上がったとき、三好邸にロケット弾が撃ち込まれた。爆発音は凄まじかった。路面が揺れた。住川会の総長を含めて、数十人が爆殺されたのではないか。

多門は怪しいコンテナトラックが駐めてある場所に駆け戻った。しばらくすると、ロケット・ランチャーを肩に担いだ男が駆けてきた。コンテナの扉が内側から押し開けられた。

現われたのは白人の男だった。栗毛で、割に背が高い。四十歳前後だろうか。

黒いフェイスマスクを被った男が先にロケット・ランチャーをコンテナの中に入れ、荷台に這い上がった。バトルスーツに身を包んでいる。傭兵崩れなのだろうか。

コンテナトラックのエンジンが始動した。どうやらドライバーは運転台で息を潜めていたようだ。

多門はバトルスーツの男の首に左腕を回し、荷台から引きずり下ろした。相手の首を強く絞めながら、腰の後ろからサイレンサーピストルを抜く。

白人の男が反射的に退がり、床からＡＫ47を掴み上げた。東西冷戦時代からソ連や東欧で使用されてきたアサルトライフルだ。装弾数はマガジンの大きさによって、二十発か三十発になる。

多門はバトルスーツの男を裸絞めで落とし、路面に転がした。手早くマカロフＰｂのスライドを滑らせ、初弾を薬室に送り込んだ。

その直後、コンテナトラックが急発進した。多門はコンテナトラックの後輪に九ミリ弾を一発ずつ撃ち込んだ。コンテナトラックは二十メートルほど走って、急停止した。

「おれは日本人だ（ヤーイポーニェツ）。あんたの名前は？（カークヴァースザヴート）」

多門は白人の男にロシア語で話しかけた。だいぶ前にロシア人ホステスに簡単な日常会話を教えてもらったのだ。

「おれの名は（ミニャーザヴート）ユーリー・ストロエフだよ。少しだけ日本語わかる」

「そうかい。おまえらは住川会の三好総長の自宅に自爆ドローンを突っ込ませてから、ロケット弾を撃ち込んだなっ」

「違う（ニェート）。おれたち、関係ない」

「荷台にロケット・ランチャーがあるじゃねえか」

「それ、はい（ダー）じゃないね」

「極東マフィアの一員なんだろ！　日本の広域暴力団にフェイク情報を流して敵対させ、てめえらは日本のアンダーグラウンドを仕切る気になったようだな」

「ありがとう（スパスィーバ）。元気（ハラショー）！　あんたは（ア ヴィ）？」

ユーリーと名乗った男がちぐはぐな返答をした。ロシア人に成りすまそうとしたのではないか。

「水産物の密輸で北信会とは蜜月がつづいてたのに、なぜ急に北海道最大の組織を敵に回す気になった？」

「その日本語、難しい。助けてほしいね」

「ロシア語で三月のことはどう言う？」

「えーと、マールトね」

「そうだな。警察は？」

「ミリーツィヤ……」

「なら、医者は？」

「バリニーツアよ」

「それは病院で、医者はヴラーチのはずだ。おめえはロシア人じゃねえな。よく見ると、スラブ系の顔立ちじゃない。ラテン系にも見えないから、アングロサクソンじゃないのか？」

「わたし、ロシア人ね。でも、子供のころに別の国に……」

「もっと上手に嘘をつけよ」

「くたばれ！」

ユーリーと自称した男が悪態をついた。

「ついに馬脚をあらわしたな」

「馬脚？　その意味、わからない。英語で喋ってくれ」

「ブロークン・イングリッシュしか話せねえぞ。アメリカ人か？」

「いや、カナダ人だよ。軍に十年ぐらいいて、イギリスの民間軍事会社に転職したんだ。それで、アフリカや中南米の政府高官の護衛をやってたんだが、あまり面白くなかった」

「それだから、一匹狼の傭兵になったわけか。名前は？」

「ヘンリー・マコーミック。四十一歳だよ」

「ロケット・ランチャーを持ってたこいつは日本人だな？」

多門は足許に横たわっている男を見ながら、マコーミックに確かめた。

「そうだ。そいつは根岸って名で、三十六歳だったか。フランス陸軍外国人部隊を除隊してからは、世界の紛争地を転々としてたって話だったな」

「ドライバーも戦争の犬なのか？」

「そうだよ。陸自の特殊部隊にいたようだが、詳しいことは知らない。彼の名前は野呂だ。下の名は忘れてしまったよ」

「野呂を呼んで、コンテナの中に入らせろ」

「わかったよ」

ヘンリー・マコーミックが大声で運転席の男を呼び寄せた。野呂という仲間が両手を高く掲げて、コンテナトラックを回り込んでくる。

「荷台に上がれ！」

多門は野呂に命じ、根岸の上体を掴み起こした。すぐに根岸の背に膝蹴り(ひざげ)を見舞う。

根岸が唸(うな)って、意識を取り戻した。多門は根岸をコンテナの中に押し込み、マコーミックを直視した。

「てめえらの雇い主は誰なんだ?」

「それは言えない」

「依頼人の名を言わなきゃ、三人に一発ずつ九ミリ弾を浴びせるぞ」

「威(おど)しだよな、ただの」

「こっちは本気だ」

「シュートしないでくれ」

マコーミックが哀願口調で言った。

「撃たれたくなかったら、早くクライアントの名を言うんだな」

「わかったよ。おれたち、『フリーダム・エンタープライズ』の社長に雇(やと)われたんだ。石橋さんは主(おも)だったやくざ(ギャングスター)の組織をぶっ潰(つぶ)して、アンダーグラウンドの世界を牛耳(ぎゅうじ)る気でいる」

「一連の爆破事件のシナリオを練(ね)ったのは石橋なのか?」

「そうだよ」

「本当なんだなっ」

多門は根岸と野呂を交互に見た。二人が、ほぼ同時にうなずく。

「住川会の三好総長だけではなく、稲森会の久鬼竜生会長、極友会の小板橋喬理事長も今夜中に殺害する気なんだろう?」

「その二人の首領は、もう別の班のメンバーたちが始末したと思うよ」

マコーミックが答えた。

「石橋に雇われた戦争屋たちは、総勢何人なんだ?」

「百数十人と聞いてる。半分以上は顔も知らないんだ。命令や指示に従ってれば、毎月おれたちは日本円で二百万円ずつ貰えるんだよ。悪くない仕事さ」

「詳しいことは石橋に喋らせよう」

多門はマコーミックたち三人をコンテナの中に閉じ込め、観音開きの扉を閉めて閂をしっかり差し込んだ。

マコーミックたち三人が何か喚きながら、扉の内側を叩きつづけた。多門は、石橋から奪ったマカロフの弾頭や薬莢に付着した自分の指紋や掌紋を事前に神経質なほど拭っておいた。従って、空薬莢を回収する必要はなかった。

多門はマカロフPbをベルトの下に潜らせ、ボルボに向かって駆けはじめた。巨大な炎が夜空を明るませている。パトカーと消防車のサイレンが重なって響いてきた。

多門はボルボXC40に乗り込み、三好邸から数キロ遠ざかった。もう検問に引っかかる心配はないだろう。

多門はロングピースに火を点け、深く喫いつけた。タールとニコチンを肺に吸い込んでから、ゆっくりと煙を吐く。格別にうまく感じられた。

石橋にしても、マコーミックにしても口が軽い。軽すぎるほどだ。こちらの威嚇に屈したのではなく、そう見せかけているだけなのだろうか。そうなら、何か隠したいことがあるにちがいない。多門は確信を深めた。

石橋は真の雇い主ではなく、一連の事件の黒幕に操られているだけではないか。そうなら、『無敵同盟』のリーダーは、単なる捨て駒とも考えられる。

多門はそう筋を読んで、灰皿の中で煙草の火を消した。

そのすぐ後、スマートフォンに着信があった。発信者は、性転換した元男性のチコだった。

「クマさん、裏社会はどうなってるの？　歌舞伎町の組事務所の多くが爆破されて、大勢の組員が爆殺され、関東御三家の総本部に自爆ドローンやロケット弾が撃ち込まれたよね。それだけじゃないわ。神戸連合会も狙われて、十九人の直参組長が爆死した。六代目は全身火傷を負いながら、一命は取り留めたけどね」

「そうだな。九州の九俠会が神戸連合会を襲ったという偽情報に惑わされて、最大組織に仕返しをした。関東御三家は神戸連合会に矢を向けられたと思い込んでしまった。血の気の多い構成員たちが混成チームを結成し、関西の極道たちをやっつけに行ったんだろう」

「そうみたいね。どこかの誰かが裏社会にフェイク情報を意図的に拡散させ、敵意と憎悪を煽った。それで、血の抗争に発展しちゃったのかしら？」

「おれは、そう推測してる。見えない首謀者は偽ロシア人を使って、一連の爆破事件を極東マフィアの犯行に見せかけたかったようだ」

多門はそう前置きして、カナダ人のヘンリー・マコーミックたち三人のことを話した。

「指揮官はロシア人と思い込ませて、極東マフィアの一員と印象づけたかったのね」

「それは間違いねえだろう」

「クマさん、カナダ人のマコーミックがロシア人じゃないと見抜けたのは、どうしてなの？」

「よく見ると、スラブ系の顔立ちじゃなかったし、ロシア語がたどたどしかったんだよ。それにな、受け答えがピント外れだった」

「あら、驚いた！　クマさん、いつロシア語をマスターしたの？」

「日常会話をほんの少し喋れるだけだよ。かなり前にナターシャというロシア人ホステスに教えてもらったんだ」

「そうだったの。一連の事件に極東マフィアは関与してないわけね」

「だと思う。犯行グループのカムフラージュ作戦だったんだろう。だいぶ前から極東マフィアは水産物の密輸ビジネスで北信会とは友好関係を保ってたからな」

「なら、北信会を襲ったのは偽装極東マフィアなのね」

「そう思ってもいいだろう」

「クマさん、日本のやくざをやっつけて、裏社会の新しい支配者になりたがってるのは半グレなんじゃない？」

「『無敵同盟』のリーダーの石橋には確かに疑わしい点があるが、背後の人間を必死に隠そうとしてる気配がうかがえたんだよ」

「石橋は〝汚れ役〟を引き受けて、その見返りに裏社会の新しい首領になりたいと考えてるんじゃないの？」

「チコの筋読みは当たってるかもしれねえな。首謀者が危いことをペラペラと喋ったりするわけねえ。顔の見えない黒幕は、石橋を単なる捨て駒として利用してるだけなのかもしれねえだ」

「そうだとしたら、石橋に無法者狩りをさせることが黒幕の犯行目的だったのかしらね？」

「最終目的は暴力団関係者を一掃したいだけじゃなさそうだな」

「たとえば、どんなことを企んでるんだろう？」

チコが問いかけてきた。

「昔は経済大国と呼ばれてた日本だが、長いこと不況から抜け出せないで苦しんでる。コロナも収束の兆しがはっきりとは見えないよな？」

「そうね」

「だから、石橋のバックにいると思われる黒幕は日本の再生の邪魔になる人間をすべて抹殺したいと考えてるのかもしれねえぞ」

「医療費がかかる後期高齢者、住民税非課税者、生活保護受給者なんかを邪魔扱いするのはおかしいわ。貧富の差があっても、みんな、〝日本丸〟という大きな船に乗ってる同胞じゃないの。社会の役に立たない人間は必要ないと考えるのは、エゴイスティックな政治家か官僚ぐらいなんじゃない？」

「そうかもしれねえな」

「優秀な人間だけしか社会に必要でないと考えるのは、時代錯誤の優生思想だわ。歪んでるし、思い上がってるわよ。たとえ何かに秀でていても、人間は生身だから、いつ大病するかもしれない。成功者だって、明日はどうなるかわからないじゃないの」

「そうだな。人間だから、好き嫌いがあっても仕方ない。しかし、偏見や差別はよくねえ。立場の弱い者はみんなで支えてやらねえとな」

「クマさん、優しいのね。あたし、もっと惚れちゃったわ。ね、明日から一緒に暮らさない？　クマさん、真面目に考えて」

「せっかくだが、ノーサンキューだ」

多門は一方的に電話を切った。ほとんど同時に、杉浦から電話があった。

「半ば予想してたことだが、住川会、稲森会、極友会のトップが相次いで殺害されたな」

「そうだね。住川会の三好総長は七十九歳で、稲森会の久鬼会長は八十二歳だったか。極友会の小板橋理事長は八十七なんだから、わざわざ殺さなくても……」

「数年のうちに寿命が尽きたかもしれねえよな。けど、関東御三家のトップを片づけないと、やくざ狩りは終わったことにならない」

「うん、そうだね」

「クマ、半グレの石橋は一連の爆破事件の主犯格と考えてもいいんじゃねえか」

「石橋は汚れ仕事を引き受けたと思われるが、首謀者じゃないだろうな」

「何か根拠があるのか？」

「少しね」

多門はこれまでの調べで、引っかかった点を挙げた。

「石橋はおいしい餌に釣られて、アンダーボス気取りで汚れ仕事をこなしてきたんじゃねえのか。ばかな野郎だ」

「杉さんの言った通りなんじゃないのかな。石橋は黒幕に暗黒社会の新帝王になってほしいとか言われ、自分が大物になったような気持ちになってしまったんだろう」

「おそらくな。それはそうと、石橋の会社の近くで張り込みを再開する気なのか？」

「そうするつもりなんだが、何か？」

「ロシア人に化けたヘンリー・マコーミックというカナダ人が石橋に連絡をして、クマのことを報告したんじゃねえか」

「そうだったら、石橋はすぐにオフィスを出て、どこかに身を隠しそうだな。それで、当分、自宅や会社に近寄らないだろう」

「そう読むべきだな。マコーミック、根岸、野呂の三人を弾除けにするテもあるぜ。コンテナトラックの近くまで引き返して、お巡りの姿がなかったら、三人を人質に取れや。それで、石橋をおびき出すんだよ」

「杉さん、そうするよ。これからコンテナトラックのある場所まで戻って、マコーミックたち三人を押さえる」

「クマ、おれもそっちに行かあ。現在位置を正確に教えてくれねえか。単独じゃ、心配だからな」

　杉浦が言った。

「大丈夫だって」

「クマ、大事を取ったほうがいいぜ」

「大きな声では言えねえが、石橋からせしめたマカロフPbを持ってるんだ」

「ロシア製のサイレンサーピストルを持ってるんなら、ひとりでも大丈夫そうだな。けど、形勢が不利になったら、ひとまず逃げたほうがいいぜ」

「わかってるよ」

多門は通話を切り上げ、ボルボXC40を走らせはじめた。

数キロ走ると、コンテナトラックのある場所の二百メートルほど手前で車を民家の生垣に寄せた。多門はサイレンサーピストルを腰の後ろに挟み、静かに運転席を出た。残弾は六発だった。

多門は急ぎ足で歩いた。

数分で、コンテナトラックが駐まっている通りに達した。多門は周りに視線を向けながら、コンテナトラックに近づいた。

観音開きの扉の閂を横に滑らせる。多門は腰のマカロフPbを引き抜いてから、ゆっくりと片側の扉を開いた。庫内灯は点いていない。コンテナの中は真っ暗だった。多門はスマートフォンのライトで、庫内を照らした。

奥に三人の男が折り重なっている。

マコーミック、根岸、野呂だった。三人とも額を撃ち抜かれていた。石橋社長がマコーミックたちの失態を知って、別の班の者に口封じをさせたのか、血の臭いで、むせそうになった。

　多門は手早く片方の扉を閉めた。閂を掛け終えたとき、背後で男の声がした。

「おい、何をしてるんだ？」

「えっ」

　多門はとっさにサイレンサーピストルをジャケットの裾で隠し、体ごと振り返った。

　すぐ背後に二人の制服警官が立っていた。ひとりは二十代の後半だろうか。もう片方は三十七、八歳に見える。

「コンテナの荷が残ってないか確認してたんですよ」

　多門は言い繕った。

「この近くで、爆破事件があったんだ」

「そうみたいだな」

「運転免許証を見せてもらえます？」

　若いほうの警官が遠慮がちに言葉を発した。

「運転台に置いてあるんだ。すぐ取ってきますよ」

「お願いします」

「ちょっと待ってて」

　多門は運転台のステップに足を掛ける振りをし、全速力で走りはじめた。

二人の警官が追ってくる。多門は脇道に走り入って、裏通りから裏通りをたどった。駆けながら、振り返る。追っ手の姿は見えなかった。

多門は大きく迂回して、ボルボに急いで乗り込んだ。

2

頭が混乱しそうだった。

多門はテレビのチャンネルを幾度も替えた。自宅マンションの寝室だ。住川会の総長が爆殺された翌朝である。八時半を回っていた。

三好総長の自宅に自爆ドローンが突っ込み、さらにロケット弾を撃ち込まれたことは詳しく報じられたが、コンテナトラックやマコーミックたち三人のことはニュースで触れられなかった。

自分を見咎めた二人は、偽の制服警官だったのではないか。そう考えれば、コンテナトラックごとマコーミックたち三人の射殺体が消えたことの説明がつく。警官を装った二人組は潜伏中の石橋にそうすることを指示されたのだろうか。あるいは、石橋を操っている黒幕の命令だったのかもしれない。

昨夜、多門は三好宅から遠ざかると、他人名義の携帯電話を使って石橋の自宅の固定電話を鳴らした。受話器を取ったのは石橋の妻だった。

多門は『フリーダム・エンタープライズ』と関わりのある投資家を装って、石橋の居所を訊いた。妻は夫が一週間ほど北海道に出張する予定だと即座に答えた。

嘘をついている様子ではなかった。夫の言葉を少しも疑っていないのだろう。石橋はどこに潜伏しているのか。金で雇った元傭兵たちのアジトは複数あると思われるが、その場所を割り出す手立てはない。

「くそっ」

多門は天井を仰ぎ、ロングピースに火を点けた。三口ほど喫いつけたとき、モーニングショーの男性キャスターの顔がアップになった。

「速報が入りました。小菅にある東京拘置所に午前八時四十分ごろ、六機の自爆ドローンが突っ込み、その後五発のロケット弾が撃ち込まれました。拘置所には未決囚や確定死刑囚がおよそ百人収監されています。多くの死傷者が出た模様ですが、詳しいことはわかっていません」

キャスターがいったん言葉を切った。多門は煙草の火を消して、テレビの画面を見つめた。

「これまでの連続爆破事件の手口と酷似していることから、同一グループの犯行と思われます。ドローンからの映像を出してもらえますか」

キャスターがスタジオのスタッフに頼んだ。

ややあって、画面が変わった。テレビ局のドローンは、東京拘置所のほぼ中央上空を舞っている。すべての収監棟が爆破され、コンクリート片や鉄筋が折り重なっていた。あちこちに火も見える。

「囚人と刑務官が大勢爆死したと見られますが、死傷者の数などは不明です。ここで、速報が入りました。東京・府中刑務所も爆破され、服役囚に死傷者が出た模様です。全国には拘置所と刑務所が多数あります。武装集団は暴力団関係者だけではなく、未決囚や服役囚の抹殺(まっさつ)も企(くわだ)てているのでしょうか。クレージーな凶悪犯罪が続発していますが、犯人グループはいったい何を考えているのでしょうか。恐ろしく、残虐(ざんぎゃく)な事件です。犯人たちに告ぐ。これ以上、もう犠牲者を出さないで！」

五十代のキャスターが芝居(しばい)じみた声で訴えた。

多門は腕を組んで、長く唸(うな)った。

犯行目的は、やはり暴力団関係者の壊滅(かいめつ)だけではなかった。服役囚や未決囚の中には、思想犯や経済犯もいる。犯行グループはやくざの一掃(いっそう)だけに留(とど)まらず、何らかの犯罪に手を染めてしまった者たちまで私的に裁くつもりなのだろう。

法治国家で私刑(リンチ)は赦(ゆる)されない。たとえ殺人鬼や冷血漢であっても、法で裁く必要がある。それが民主国家のルールだ。

そのルールを無視して、前科者や犯罪予備軍を抹殺することはアナーキーすぎる。多門は無頼の徒だが、正体不明の犯行グループに烈しい怒りを覚えた。

臭いものに蓋をすればいいと安易に考えているとすれば、それは人間として問題がある。身勝手で、傲慢無礼だ。

前科者や犯罪予備軍が少なくなれば、社会の治安はよくなるだろう。政治家、財界人、官僚たちも裏社会の圧力に怯える必要がなくなるにちがいない。

犯歴のある人間にある種の警戒心を抱くのは仕方がないことだろう。だが、若気の至りで前科を背負ったからといって、全人格を否定することは愚かな偏見だ。そうしたバイアスに引きずられて、罪を犯した者を害虫のように殺すことは人の道を大きく外れている。

前科者の再犯率は決して低くない。特に薬物に溺れた者は更生に時間がかかる。それでも自分の弱さに打ち克って、生き直した人々も少なくない。

多門自身も前科持ちだ。ただの自己弁護と思われるかもしれないが、犯罪者になったからといって、生き直すチャンスを失ったわけではないだろう。

現に滝沢修司は巨額詐欺で服役したが、心を入れ替えて更生の道を歩んでいた。『リスタート・コーポレーション』の従業員たちも真っ当な人間になりたくて、自分の弱さと闘っていると思われる。

テレビに府中刑務所の惨状が映し出された。自分が服役していた雑居棟は跡形もなく消えていた。世話になった刑務官のうち何人かは犠牲になったのではないか。個人的なつき合いはなかったが、哀惜の念が膨らむ。

多門は溜息をついた。

そのとき、寝室でスマートフォンの着信音が響いた。多門はダイニングテーブルから離れ、ベッドルームに移った。

ナイトテーブルの上のスマートフォンを摑み上げ、ディスプレイを見る。電話をかけてきたのは田上組の箱崎だった。

「朝っぱらから、すみません。東京拘置所と府中刑務所が謎の武装集団に爆破されたのをご存じでしょ？」

「ああ。朝からテレビに釘付けだったんだ。田上組の誰かが拘置所か、刑務所に入ってたのか？」

「ええ、若頭補佐の池端の兄貴が府中で服役してまして、ロケット弾に直撃され……」

「死んだのか？」

「即死だったようです」

「池端さんが亡くなったのか。まだ五十前だったよな？」

「享年四十九です。面倒見のいい兄貴でした。残念でたまりません」

「おれも、池端さんにはよくしてもらったんだ。悔しいな。な、箱崎？」

「ええ。組の大幹部たちは池端の兄貴の死を悼んでいます。正体のわからない武装集団は筋者を皆殺しにするだけと思ってましたけど、未決囚や刑務官まで虫けらのように始末しやがって！　犯人グループがわかったら、何らかの方法で復讐してやります」

「箱崎、冷静になりな。やくざが仕返しできる敵じゃないだろう。主犯格が逮捕られても、実行犯たちは反撃してくるにちがいない。おまえはまだ若いんだから、もっと命を大事にしなって」

多門は言い諭した。

「ですが……」

「犯行グループの実行犯の多くは軍事訓練を受けて、爆弾や銃器に精通してるようなんだ」

「そいつらは、極東マフィアに雇われた元傭兵なんですかね？」

「極東マフィアの犯行に見せかけただけで、武装集団にロシア人はまったくいないようなんだ」

「つまり、カムフラージュだったた？」

「ああ、ミスリード工作だろうな」

「石橋がそういう細工を弄したんでしょうか？」

「残念だが、そこまではわからないんだ。石橋が一連の爆破事件に関与してることは間違いないだろうが、奴が絵図を画いたのかどうかは……」

「『無敵同盟』のリーダーは、一連の事件の首謀者じゃないんですか？」

「そうかもしれないんだ。石橋はダミーの主犯格を演じて、裏社会の新帝王になる野望を抱いてるんじゃないのかな」

「ということは石橋はアンダーボスにすぎないんですかね」

「断定的なことは言えないが、石橋は黒幕にうまく利用されてるだけなのかもしれないぞ」

「そうなら、要するに従犯なんでしょうね」

「おれは、石橋は単なる〝捨て駒〟という位置づけなんじゃないかと読んでる」

「首謀者は、石橋よりも悪知恵が働く奴なんでしょうね」

箱崎が言った。

「多分、そうなんだろう。ビッグボスをサポートしてるのは、紳士面してる頭脳犯罪集団のリーダーなのかもしれないな。天才的なハッカーなら、ギャングめいたことをしなくてもたやすく大企業、大口脱税者、各界の名士から大金をせしめることはできるだろう。拳銃や日本刀をちらつかせて甘い汁を吸う時代は、とうに終わってるんじゃねえか」

「そうなんでしょうね。頭のいい奴が悪知恵を働かせたら、闇社会をぶっ潰せそうだな。で、自分が支配者になることも……」

「可能だろうな。政界、財界、官僚たちをコントロールして、自分たちに都合のいい国に造(つく)り変えることもできなくはないと思うぜ」

「手強(てごわ)い悪党(ワル)が出てきましたね。前科者や犯罪予備軍を葬(ほうむ)ったら、それこそ敵なしになりますんで」

「箱崎の言う通りだな」

「犯行グループが東京拘置所に収監されてる確定死刑囚まで爆殺したことがよくわからないんです。どの死刑囚も、いずれ絞首刑にされることが決まってるわけでしょ？」

「そうなんだが、確定死刑囚の中には再審請求で五年も十年も最高裁の判決を遅らせて、少しでも長く生き延びようとする奴もいるじゃないか」

「ええ、そうですね」

「連続爆破事件を引き起こした首謀者は前科者だけではなく、未決囚や確定死刑囚も一日も早く抹殺したいと考えてるんじゃないか」

「事件の黒幕、その協力者たちは大切な家族や恋人を殺害されたんで、異常なほど犯罪者を憎んでるんでしょうか」

「箱崎、いいヒントをくれたな。そうなのかもしれないぞ」

「お役に立てたんなら、嬉(うれ)しいですね。自分、心優しい無頼漢の多門さんに憧(あこが)れてたんす。こんなことを言うのは、初めてですけど」

「おれは女好きのろくでなしだよ」

「そんなふうに照れるとこもいいですね」

「池端さんの死は悲しいが、箱崎、報復なんて考えるなよ。おまえを犬死にさせたくねえんだ。それじゃ、またな！」

多門は先に電話を切った。

スマートフォンを持ったまま、ベッドに腰かける。テレビは、まだ消していなかった。

「新たな情報が入りました。午前九時前後に札幌刑務所、旭川刑務所、網走刑務所、秋田刑務所、盛岡、前橋、栃木、千葉、静岡、長野、大阪、神戸、広島、高知、福岡、長崎、沖縄の各刑務所が爆破されて、多数の服役囚や刑務官が死傷しました」

キャスターが間を取った。

「全国には六十二の刑務所、七つの少年刑務所、八つの拘置所、同じく八つの刑務支所、百三の拘置支所の計百八十八があります。狙われたのは刑務所ばかりではありません。少年刑務所、拘置所、刑務支所、拘置支所のすべてが自爆ドローンとロケット弾によって破壊され、約九万人の収監者の半数近くが爆死した模様です。日本の犯罪史上、例を見ない大量殺人でしょう。少年刑務所まで標的にされたことから、犯行グループは暴力団組員、前科歴のある者、服役囚、未決囚のすべてを抹殺する気なのかもしれません。クレージーです。とても正気とは思えません」

画面が変わった。自爆ドローンやロケット弾で爆破された刑務所、少年刑務所、拘置所などの被害状況が伝えられはじめた。

「なんてことだ」

多門は独り言ちて、ロングピースをくわえた。収監者の半数近くが命を落としたという。犠牲になった刑務官を加えれば、死者は五万人に達するかもしれない。

めったに動じない多門も、さすがに震撼した。これは現実に起きた虐殺なのか。一瞬、悪い夢を見ているような気さえした。だが、紛れもなく実際に起きた恐ろしい事件だ。

なんとか石橋を見つけ出して、凶行の首謀者の名を吐かせたい。多門はそう思いながら、煙草の火を消した。

数秒後、ナイトテーブルの上でスマートフォンが鳴った。

発信者は元刑事の杉浦だった。多門は手を伸ばして、スピーカー設定にした。

「まだ警察発表はされてねえが、こっちのネットワークで『無敵同盟』のリーダーが死んだことがわかったぜ」

「えっ、石橋翼が死んだって!?」

「ああ。盗難届が出されてたコンテナトラックの荷台で死体が見つかったんだ。石橋は顔面を至近距離から撃たれたんで、頭部は大きく損傷してたそうだよ」

「コンテナトラックはどこで発見されたんだい？」

「江戸川の河口近くの土手道だよ。コンテナの中には、白人の男と他に二人の日本人の死体もあったらしい。クマ、そいつらに心当たりはあるか？」

杉浦が訊いた。多門は、その三人が住川会の三好総長の自宅を爆破した実行犯の疑いが濃いことを語った。

「三人のうちのひとりは白人の男だそうだが、極東マフィアの一員に化けた奴じゃないのか」

「だろうね。カナダ人で、ヘンリー・マコーミックと自称してた。そいつがロシア人に化けようとしたことは間違いないんだ。二人の日本人は、根岸、野呂という名らしい。どっちも偽名臭いが、傭兵崩れだろうな」

「そうかもしれねえ」

「マコーミックたち三人はおれに生け捕りにされそうになったんで、仲間に口を封じられたんだろう」

「石橋が事件の首謀者だったら、傭兵崩れと同じように口を封じられるはずねえ」

「杉さん、石橋は首謀者の指令を実行犯たちに伝える役目をこなしてたにちがいないよ。黒幕が簡単に始末されるとは考えにくいからね」

「そうだな。石橋は裏社会の新帝王になりたくて、一連の事件の主犯格に協力してたんだろう」

「そうなんだと思うね」

「犯人どもの狙いは、単なる前科者や組員狩りじゃねえな。少年刑務所にいる未成年まで爆死させたんだから」

「杉さん、事件の絵図を画いた奴は虞犯少年が半グレや組員になる前に排除する気なんじゃないかな。極東マフィアが事件に絡んでるように見せかけたり、石橋が主犯だと思わせたのは捜査の目が自分に注がれることを避けたかったからだろう」

「そう考えてもよさそうだな。黒幕の側近がうまく石橋を操ってたんだろうが、もう石橋には利用価値がなくなった。だから、元傭兵たちと同じように口封じをしたんじゃねえのか」

「そうなんだろうな。ただ、首謀者の面が透けてこないんで、アンダーボスといえる側近の正体もわからない」

「石橋は一億五千万の口止め料をせしめようとした進藤だけじゃなく、滝沢修司も裏サイトで見つけた殺し屋に始末させたと言ってたんだよな？」

　杉浦が確かめる。

「そうなんだが、それはミスリードの偽証だっただろうな。滝沢さんが石橋の非合法ビジネスのことで、『無敵同盟』のリーダーに一億円の口止め料を出せなんてことは絶対に言わないと思うんだ」

「滝沢修司はわざわざ石橋に会って、改心しろと説教したんだったよな。そのときの録音音声は滝沢の自宅マンションの観葉植物の腐葉土の下に隠してあったんだろう?」

「だからといって、滝沢さんが強請を働くわけない。おれは滝沢さんは潔白だと信じてる」

「石橋が滝沢修司を陥れる目的で、嘘をついた?」

「そうなんだと思うよ」

「クマ、話を整理するぜ。そっちと『リスタート・コーポレーション』の岩渕専務は、滝沢修司の自宅マンションの床下収納庫に一億円の現金があることを視認してる。札束の上には石橋の名刺があった。そうだよな?」

「その名刺のことなんだが、不自然だと思わないか? おそらく何か作為があって、札束の上に名刺を置いたんだろう」

「石橋は、滝沢の指示通りに『三田レジデンス』の八〇八号室のドアの前に一億円を部下に置かせたと言ったんだったな?」

「そう。一億円の受け渡し方法が杜撰すぎるよ。おれは、その点にも少し引っかかってたんだ」

「けど、滝沢の自宅マンションの床下収納庫に一億円があったことは確かなんだろう?」

「ああ、それはね。しかし、数日後に大金はそっくり消えてた。部屋のスペアキーを岩渕専務が預かってるんで、少し彼を怪しんだんだ。だが、鍵穴に引っ掻き傷があったんだよ」

「ピッキング道具を使って、ドアのロックを外したようだな」

「そう思うね。石橋が部下に滝沢さんの部屋に忍び込ませて、一億円を回収させたんだろう」

「あるいは、『リスタート・コーポレーション』の社員か『雑草塾』のスタッフが何らかの方法で滝沢修司の自宅に一億円があることを知って、ピッキング道具を使って……」

「盗み出した？」

「クマ、会社の従業員かボランティアスタッフの中に石橋と通じてる者がいるのかもしれねえぞ」

「あっ、そこまで考えたことはなかったな。なるほど、そういう疑いもあるか」

「クマ、滝沢修司と接点のある人間を洗い直してみな」

「そうしてみるよ。杉さん、いろいろありがとう！」

多門は謝意を表し、通話を切り上げた。

3

幹線道路は渋滞気味だった。

約束の時刻は午後四時だ。多門はボルボを脇道に入れ、裏通り伝いに『リスタート・コーポレーション』に向かっていた。

岩渕専務から電話があったのは、きょうの正午過ぎだった。殺害された滝沢修司はおよそ三カ月前にITジャーナリストの宍戸卓弥をオフィスに訪ね、老資産家の芝山善行のサーバーに不正アクセスをしていた者を突き止めてほしいと依頼していたという。

五十四歳の宍戸は五年前まで警視庁サイバー犯罪対策課に籍を置いていた。同課はシステム開発などの知識や技術を持つスペシャリストたちで構成されている。重要インフラに攻撃を加える犯罪、いわゆるサイバーテロに目を光らせることが主な仕事だ。

電力、ガス、銀行、交通制御などのデータが破壊されたり、改ざんされると、国家や社会が混乱する。ハイテク犯罪のスペシャリストたちはそうした不安を取り除いているわけだが、凄腕のハッカーたちにはかなわないこともある。

ハイテク犯罪者たちの手口は巧妙化している。事実、新たなコンピューター・ウイルスは日に数百種が発見されているらしい。検挙件数が多いのは不正アクセス、コンピューター・電磁的記録対象犯罪、ネットワーク利用犯罪などだが、パソコン遠隔操作、不正送金も増加している。

悪意のあるハッカーは中国人が最も多く、全体の約六十五パーセントだ。日本人はおよそ二十九パーセントである。

宍戸はフリーになると、パソコン雑誌に寄稿したり、テレビのコメンテーターとして活躍するようになった。企業のサイバーテロ対策にも協力している。多門はテレビで何度も宍戸の顔を観ていた。知的な面差しだ。

ようやく車が港区内に入った。

現在、午後二時半を過ぎている。多門は近道を選びながら、先を急いだ。

目的地に着いたのは約束の時間の六分前だった。多門はひとまず安堵して、ボルボを『リスタート・コーポレーション』の社有地に入れた。急いで車を降り、社屋に走る。

岩渕専務は出入口前に立っていた。

「お呼びたてして、すみませんね」

「いいえ。宍戸さんは、もう到着されています？」

多門は訊いた。

「いいえ、まだなんですよ。さきほど宍戸さんから電話がありまして、十分ぐらい遅れるかもしれないと……」

「わかりました。岩渕さんは滝沢さんが芝山さんのシステムに不正アクセスをしてる奴を突きとめてほしいと依頼したことはご存じでした？」

「いいえ、知りませんでした。ですので、宍戸さんとはきょうが初対面なんですよ。多門さんのことは、電話で宍戸さんに話しておきました」

「そうですか。宍戸さんは滝沢さんに不正アクセス者の割り出しを頼まれたことを、なぜこれまで黙っていたんでしょう？」

「滝沢社長に前科があったんで、本当は仕事を受けたくなかったのかもしれませんね。しかし、故人の無念を考えると、はっきりと断るのはまずいと思い直したんじゃないですかね」

「そうなんだろうか。瀬戸奈穂さんは社内にいらっしゃる？」

「いいえ。遺品整理の見積もりに出向きましたが、そのうちに戻ると思います」

「そうですか。瀬戸さんも、故人がＩＴジャーナリストの宍戸さんに不正アクセスの件で依頼したことは知らないんでしょ？」

「ええ、知らなと思います。もし知っていたら、当然、わたしには教えてくれたでしょうからね」

岩渕が言って、視線を延ばした。灰色のレクサスがゆっくりと社有地に入ってくる。

運転席に坐(すわ)っているのは宍戸だった。茶色のスーツを着て、きちんとネクタイを結んでいる。ワイシャツは白だった。

「ちょっと失礼しますね」

岩渕が多門に断って、レクサスに駆け寄った。二人は車の横で名刺交換をしてから、肩を並べて社屋に向かって歩いてきた。

多門は宍戸に会釈した。宍戸が一礼し、先に名刺を差し出す。多門はそれを受け取り、自分も肩書のない名刺を手渡した。

「どうぞお入りください」

岩渕がどちらにともなく言って、社長室に向かった。多門たち二人は岩渕に従った。

宍戸は滝沢の遺影に手を合わせると、応接ソファに腰かけた。多門は宍戸の斜め前に坐った。

岩渕が手早く三人分の緑茶を淹れ、宍戸と向かい合う位置に腰を落とした。

「滝沢さんの同意を得て、依頼時の遣り取りを録音させてもらったんですよ」

宍戸が上着の内ポケットからICレコーダーを摑み出し、コーヒーテーブルの上に置いた。すぐに再生ボタンが押される。

――無理なお願いをして、ご迷惑だったでしょうね。芝山善行さんは、わたしの恩人なんですよ。そんな方が不正アクセスに苦しめられていても、コンピューターにあまり明るくない自分には何もしてあげられません。そこで、テレビのコメンテーターとして出演されている宍戸さんに縋（すが）らせてもらったわけです。

——伝説の元相場師がお困りのようですので、協力させてもらいます。最近のハッカーたちは裏技を編（あ）み出して、さまざまなサイバーテロに及んでいます。

——そうみたいですね。

——ですので、芝山さんのシステムに不正アクセスを繰り返してる犯人を見つけ出せるかどうかわかりませんが、依頼を受けさせていただきます。

——よろしくお願いします。ハイテク犯罪は日々、進化してるんでしょう？

——悪玉（ブラック）ハッカーがその気になれば、企業、個人の不正やスキャンダルはいとも簡単に盗めます。製薬会社の新薬開発情報、大手商社の粉飾（ふんしょく）決算、財界人の政治家との癒着（ゆちゃく）、ヤミ献金、同業者との談合、名士（セレブ）たちのスキャンダルなども知ることができます。

——怖（こわ）い世の中になりましたね。国会、企業、個人が丸裸にされてしまうんですから。

——そうですね。IT関係者の多くはさらなる進化を求めていますが、ほどほどにしておいたほうがいいような気がします。

——同感ですね。ハッカーたちが団結したら、どんな犯罪組織も太刀討ちできなくなるでしょう。フェイク情報を流しつづけて、マインドコントロールすることも可能ですよね？

――ええ。

――宍戸さん、どうかよろしくお願いします。

――ベストを尽くします。

音声が途絶えた。

宍戸がICレコーダーに手を伸ばし、停止ボタンを押し込んだ。それから、ICレコーダーを懐に戻す。

「それで、不正アクセスを重ねてた犯人はわかったんですか？」

岩渕専務が日本茶で喉を湿らせてから、宍戸に問いかけた。

「ええ、不心得者は見つかりました。四十代の投資家で、芝山さんのシステムに潜り込んで財テクの秘訣を盗みたかったようです。その男は逮捕されて、すでに起訴されました」

「当然でしょうね。その後、故人が別の依頼を宍戸さんにしたことは？」

「わたし、謎のハッカー集団のことを滝沢さんに話したことがあるんですよ」

「その集団のことを詳しく教えてもらえますか」

多門は口を挟んだ。

「わかりました。謎の部分が多いのですが、ハッカー集団のリーダーは元大学の准教授らしいんです。おそらく出世レースに乗れなかったんでしょう。学者の世界も派閥があって、主流派に属さないと、冷遇されるようですんでね」

「リーダーが元大学准教授らしいっていうことは、まだ確認したわけじゃないんですね?」

「ええ、残念ながら。しかし、複数のIT関係者がそう言っていますので、多分、事実なんでしょう」

「滝沢さんは、その謎のハッカー集団に興味を抱いて、個人的に調べてたんだろうか。岩渕さん、どう思われます?」

「故人はそのことに関しては何も言いませんでしたが、何か調べていたのかもしれないな」

「学者として成功の途を閉ざされた連中が名より実を取る気になって、サイバー犯罪で不正に巨額を得てるのか。捨て鉢になれば、大企業から億単位の金を脅し取ることもできるでしょう」

「企業恐喝なんかやらなくても、法人の内部留保や富裕層の預貯金を他人名義の口座に移して、マネーロンダリングでダーティーマネーも洗浄もできますよ」

宍戸が多門に言った。

「タックスヘイブンのカリブ海の島々に設立されたペーパーカンパニーにプールされてる何十億、何百億円という大金をこっそりいただくことも可能なんでしょう？」

「苦もなくできると思います。滝沢さんはベテランのＩＴ関係者に謎のハッカー集団のことを調べさせてたんですかね。犯罪加害者を更生させることをライフワークにしてた滝沢さんは危険な集団のリーダーに真っ当な生き方をすべきだと説教したんでしょうか」

「そうだったとしたら、故人は正体の知れないハッカー集団に消された可能性もゼロじゃないだろうな」

「多門さん、ちょっといいですか。うちの社長に刺客を差し向けたのは、『無敵同盟』のリーダーだった石橋臭かったんですよね？」

　岩渕が口を挟んだ。

「石橋はそう言ってましたが、それは一連の事件の首謀者や参謀を庇いたかったからなのかもしれません。陽動作戦とも疑えるんですよ」

「なぜ石橋は、そんな損な役回りに甘んじてたんでしょう？」

「考えられるのは、大きな見返りが期待できたからでしょうね。これは推論なんですが、一連の事件の主犯が前科者、服役囚、犯罪予備軍を皆殺しにする気だったら、裏社会の首領たちはいなくなるでしょう」

「ええ、裏社会は空白状態になるだろうな」

「半グレの石橋が全国は無理としても、首都圏の闇社会は支配できるんじゃないですか？」

「石橋は大物になったつもりでいたんでしょうが、まだ小者だった。事件の首謀者や参謀にうまく利用されて、その果てに口を封じられてしまったとも考えられます」

　多門は言った。すぐに宍戸が言葉を発した。

「そうなのかもしれませんよ。わたし、本庁サイバー犯罪対策課の人間をここに呼びましょう」

「待ってください。謎のハッカー集団が一連の爆破事件に深く関わっているという証拠をまだ押さえたわけじゃありません。いまサイバー犯罪対策課に動いてもらうのは得策ではないと思います。下手(へた)したら、疑わしい集団は地下に潜ってしまうでしょうから」

「そういう恐れもありますね。わたしがこの手で怪しいハッカー集団を突きとめられなかったんで、滝沢さんは無念な最期(さいご)を遂(と)げることになったのかもしれない。故人に謝罪して、失礼することにします」

　宍戸がソファから立ち上がり、骨箱の前に立った。岩渕が腰を浮かせる。多門は岩渕に倣(なら)った。

　二人は宍戸を見送ると、すぐに社長室に戻った。コーヒーテーブルを挟んで向かい合う。その直後、外出していた瀬戸奈穂が戻ってきた。

「ご苦労さん！　遺品整理の見積書の数字で先方さんは満足してくれた？」

岩渕が奈穂を犒ってから、問いかけた。奈穂が笑顔で応じた。

「ええ。思っていたより安いとおっしゃって、すぐに依頼していただけました」

「それはよかった。瀬戸さんも坐ってくれないか」

「はい」

奈穂は短く迷ってから、岩渕のかたわらのソファに浅く腰かけた。

「瀬戸さん、化粧水を変えましたね」

「いいえ、ずっと同じものを使っていますけど」

「いや、違うな。ずっと使ってた化粧水はかすかに花の匂いがしたけど、いまはミントがかった香りがする。わたしは子供のころから鼻だけは利くんだ。おっと、こういうことも一種のセクハラになっちゃうのかな」

岩渕が頭に手をやった。

奈穂が困惑顔でコーヒーテーブルの茶碗に目をやった。

「お客さまは、多門さんだけではなかったようですね」

「そうなんだ。実はＩＴジャーナリストの宍戸さんが来たんだよ」

岩渕専務が経緯をかいつまんで語った。

奈穂が多門よりも先に口を開いた。

「以前、警視庁でサイバーテロの捜査に携わっていた宍戸さんが芝山さまのコンピューターに不正アクセスを重ねてた者を突きとめたのは、高度なハッキングテクニックを習得していたからなんでしょう?」

「そうなんだろうね」

「岩渕さん、こっちと一緒に芝山さんのご自宅を訪ねてみませんか? 滝沢さんは大恩人の元相場師には何でも話してたんじゃないだろうか」

多門は言った。

「そうかもしれませんね。これから、千代田区一番町にある芝山邸に行ってみましょうか」

「その前に芝山さんの都合をうかがったほうがいいでしょう? アポなしで訪ねるのは失礼ですので」

「ええ、そうします」

岩渕専務が上着の内ポケットからスマートフォンを摑み出し、芝山善行に電話をかけた。通話時間は短かった。

「芝山氏は、いつ来てもかまわないとおっしゃってくださいました」

「そういうことになりましたんで、瀬戸さん、これで失礼しますね」

多門は奈穂に言って、目顔で岩渕専務を促した。岩渕がソファから立ち上がった。

二人は社長室を出て、来客用駐車場に向かった。

「わたしが社の車で先導しましょう」

歩きながら、岩渕が言った。

「先行の車を見失うこともあるかもしれないので、こっちのボルボで芝山邸に向かいましょうよ。岩渕さんに確かめたいこともありますんで」

「そういうことでしたら、多門さんの車の助手席に乗せてもらいましょう」

「もちろん、芝山宅から会社まで送り届けますよ」

多門は言って、先にボルボの運転席に乗り込んだ。岩渕が助手席に腰を沈める。

多門は車を発進させた。数百メートル走ると、岩渕が話しかけてきた。

「わたしに確かめたいことがおありだとか？」

「ええ。あなたが『三田レジデンス』の床下収納庫に入ってた一億円がなくなっているのに気づかれたとき、整髪料と化粧水の残り香がかすかに漂ってたんですよね？」

「はい。整髪料は柑橘系でしたから、男性用でしょう。化粧水は女性用でしょう」

「瀬戸奈穂さんが出先から戻ったとき、専務は彼女に化粧水を替えたのではないかとおっしゃったでしょ？」

「ええ、言いました。彼女は化粧水を顔に塗り込んでますけど、ファンデーションの類は使わないんですよ。アイラインを引いて、口紅は付けてますけどね。それだから、化粧水の匂いがストレートに伝わってくるんです。瀬戸は否定していましたが、いままでの化粧水とは明らかに別の香りでした」

「くどいようですが、滝沢さんの自宅に漂ってた化粧水の香りは瀬戸さんがずっと使用してた物と同一と思われるんですね？」

多門は念を押した。

「ええ、そうです。ということは、瀬戸奈穂が整髪料を匂わせた男を手引きして一億円を持ち出させた疑いもあるわけか」

「その疑いはゼロではないでしょうね」

「彼女は滝沢社長を敬愛してたんですよ。それに、お金に困っている様子もなかったな。一億円を横奪りするなんてことは考えられません」

「女性を悪く言いたくありませんが、誰もが女優の要素を持ってると巷間で言われていますよね？」

「そうですが……」

「もし瀬戸さんが一億円強奪に関与してるなら、彼女は敵と通じてるのかもしれませんよ」

「故人を憎んでた者が敵だとしても、なぜ瀬戸奈穂を『雑草塾』にスパイとして送り込まなければならないんですっ」

岩渕の声には怒気(どき)が含まれていた。多門は冷静に応じた。

「瀬戸さんは何か理由があって、故人を憎んでいたのかもしれないな」

「そ、そんなことは考えられません。あなたの推測は間違ってると思うなっ」

「そうなら、いいんですがね」

「彼女を疑うなんて、ひどすぎる！」

岩渕が憤然(ふんぜん)と言って、口を閉ざしてしまった。

やがて、芝山邸に着いた。ビル群に囲まれた豪邸で、敷地は優に五百坪はありそうだ。庭木が多い。

多門は芝山邸の石塀にボルボを寄せた。

岩渕専務が先に助手席を出て、インターフォンを鳴らす。仏頂面(ぶっちょうづら)だった。芝山は二人の家政婦のに手助けされながら、盆栽(ぼんさい)いじりを愉(たの)しんでいるらしい。

待つほどもなく、多門たち二人は玄関ホールに面した応接間に通された。六十歳前後の家政婦が緑茶を運んできて間もなく、和服姿の芝山が現われた。老資産家が二人に短い挨(あい)拶(さつ)をしてから、岩渕の正面の応接ソファに腰を落とした。

「芝山先生は、滝沢がＩＴジャーナリストの宍戸さんに頼みごとをしていたことをご存じでした？」

岩渕が切り出した。

「断片的なことは聞いてた。しかし、宍戸さんが不正アクセスを重ねてた奴を突きとめるのに時間がかかっているようなんで、滝沢君は焦れて自分で謎のハッカー集団に関する情報を集めはじめたんだ」

「そうだったんですか。それは知りませんでした。それで、故人は正体不明のハッカー集団が暗躍してる確証を得たのでしょうか？」

「そこまで調べ上げることはできなかったようだが、その集団を率いてるのは元善玉ハッカーで大学の准教授であることは摑めたみたいだね。その人物は社会の不正を次々に暴く善玉ハッカーだったんだが、急に二年前から告発をやめてしまったというんだよ」

「権力を持つ人間に脅迫されて、悪玉ハッカーに転向を強いられたんでしょうか」

多門は話に割り込んだ。

「そうなのかもしれないね。それとも何か心境に変化があって、悪玉ハッカーになったのだろうか。社会の悪と闘うには相当なエネルギーが必要だからね。疲れ果て、楽な生き方を選んだのだろうか」

「高度なハッキングテクニックがあれば、正体を隠したまま、大企業や富裕層の金を奪い取ることも可能でしょう」

「そうだろうね。偏った考えに支配された人間が優秀なハッカーを使ったら、たいがいの悪事の軍資金はたやすく調達できると思う」

芝山が言った。

一連の爆破事件の黒幕と思われる人間は、犯罪に走りそうな者を撲滅し、自分の支配下にある集団に闇の社会を仕切らせることも企んでいるのだろう。消された石橋は上手に利用され、切り捨てられたと思われる。

「ＩＴジャーナリストの宍戸さんに電話して、元善玉ハッカーが誰なのか、ちょっと訊いてみます」

岩渕が懐からスマートフォンを取り出し、宍戸に電話をかけた。

「かつて善玉ハッカーとして、社会悪と闘ってた大学の准教授に思い当たりません？」

「…………」

「東西大学で准教授をやってた長友宗輔、四十三歳が善玉ハッカーだったんですね。しかし、突然、ハッキングをやめてしまった。それで、てっきり謎のハッカー集団とは関わりがないと思い込んだ。そういうことだったんですか」

「…………」

「いいえ、気になさらないでください。宍戸さん、ありがとうございます」

通話が終わった。芝山が多門に顔を向けてきた。

「その長友宗輔という男を徹底的にマークすれば、クレージーな連続テロの首謀者が透けてくるんじゃないのかね」

「そうかもしれません。芝山さんに感謝します。岩渕さん、そろそろ失礼しましょうか」

「そうですね。先生、ありがとうございました」

岩渕がソファから腰を浮かせた。多門は岩渕の次に革靴を履いて、芝山宅を辞した。先に邸の外に出て、ボルボの運転席に近づいた。

そのとき、無灯火のダンプカーが突進してきた。とっさに多門は芝山邸の石塀にへばりついた。ダンプカーは強い風圧を撒き散らしながら、猛スピードで走り去った。ナンバープレートは外されていた。

「多門さん、お怪我は？」

岩渕が走り寄ってきた。

「こっちは無傷です。そちらは？」

「ダメージはありません」

「われわれ二人が芝山邸を訪ねることを知ってたのは、瀬戸奈穂さんだけだな。ということは、彼女は敵の回し者かもしれませんね」

「瀬戸が内通者とは思いたくありませんが、多門さんの推測は正しいようだな」

「岩渕専務、会社まで送ります」

多門はボルボの運転席に入った。

目的地に到着すると、間宮がボルボに駆け寄ってきた。岩渕が助手席のドアを開けた。

「間宮、何かあったのか？」

「瀬戸さんが退職願を専務に渡してほしいと言って、会社からいなくなったんすよ」

　間宮が早口で言った。岩渕が口を開く。

「多門さん、どういうことなんですかね？」

「瀬戸さんは疚しさに耐えられなくなって、おそらく逃げ出したんでしょう」

「やっぱり、彼女は内通者だったのか」

「そう考えてもよさそうですね」

　多門は岩渕専務が車の外に出たことを確認してから、ボルボXCを走らせはじめた。

4

　数キロ先でボルボを路肩に寄せる。

　多門はドア・ポケットからノート型パソコンを摑み出し、長友宗輔の情報を検索した。それほど期待はしていなかったが、無駄ではなかった。ただし、得られた情報はあまり多くない。

　長友は東西大学産業情報学部の准教授を辞してから、サイバー研究会『未来』を主宰して四人の学者仲間とクラウドファンディングで集めた寄付で善玉ハッキングに励み、社会悪を暴いていた。しかし、その活動は二年そこそこで中断してしまう。

活動資金が底をついたと思われる。その後は何をしているか不明だ。確証があるわけではないが、挫折したことで理想を棄てたのかもしれない。で、いまは悪玉ハッカーに徹しているのだろうか。

『未来』のオフィスは渋谷区千駄ヶ谷一丁目にある。電話番号も明記されていた。ただ、長友の自宅の住所など個人情報は載っていない。

多門はグローブボックスから他人名義の携帯電話を取り出し、『未来』のオフィスに連絡してみた。だが、その電話はすでに使われていなかった。

多門は石橋翼と長友宗輔に接点があると推測していたが、その裏付けはまだ取っていない。『フリーダム・コーポレーション』に電話をする。

受話器を取ったのは若い男性社員だった。

「こっちは石橋の旧い友人なんだが、彼が不幸な亡くなり方をしたんで驚いてるんだ」

「わたしたちも茫然自失状態です」

「そうだろうな。司法解剖が終わって、亡骸はもう神宮前の自宅に搬送されたんだろうね」

「いいえ、社長の遺体は目黒駅前にある『悠久セレモニーホール』でエンバーミングを受けているはずです。頭部の銃創がひどいので、額を復元してから、遺族と対面させたほうがいいだろうと上層部が相談して……」

「そうなのか。所轄署に置かれた捜査本部は、凶器の断定をしたんじゃないの？」

「犯行に使われたのは、イタリア製のベレッタＰｘ４というセミオートのピストルだそうです。社長は九ミリ弾を二発浴びせられ、ほぼ即死だったようです」

「警察は犯人の特定はしたのかな？」

「いいえ、それはまだのようです」

　相手が答えた。

「報道によると、石橋の遺体は江戸川の河口近くの土手道で発見されたらしいね。コンテナの中には、ほかに三人の射殺体が転がってたようだが、そいつらは軍事訓練を受けた者らしいじゃないか。その三人の身許は、まだ判明してないのかな」

「そうみたいですよ」

「ちょっと訊きにくいんだが、石橋は続発した爆破事件に深く関与してるという噂を耳にしたんだ」

「それはデマだと思います」

「実は石橋が傭兵崩れを百人以上も雇って、全国のやくざを大量に始末したという話が耳に入ってたんだ。東京拘置所や全国にある刑務所を自爆ドローンやロケット弾で爆破して、多くの囚人や刑務官を爆死させたんじゃないのか。そういう噂が旧友の間で囁かれてる」

「うちの社長は、そんな荒っぽいことはしませんよ」

「石橋を庇いたい気持ちはわかるが、彼は昔から裏社会を牛耳ることを夢見てたんだ」

「そんな話、わたしは信じません」

「社員としては、そうだろうね。話は飛ぶが、元大学准教授の長友は、ちょくちょく『フリーダム・エンタープライズ』に顔を出してたそうじゃないか」

多門は鎌をかけた。

「その方は、確か社長と同じスポーツクラブの会員だったと思います。けれど、会社にお見えになったことは一度もありません」

「裏ビジネスの相談は、石橋も自分のオフィスではしにくかったんだろう」

「あなた、失礼なことを言いますねっ」

「冗談だよ、怒るなって。今夜は通夜なのかな？」

「そうですけど、つき合いの深い方たちが弔問に訪れるだけだと思います」

「こっちは遠慮して、告別式に列席することにしよう」

「そうしていただけますか。取り込んでいますので、これで失礼しますっ」

男性社員がうっとうしげに言って、電話を切った。

石橋翼と長友宗輔の接点が明らかになった。二人は青山霊園近くのスポーツクラブの会員だった。多門はほくそ笑んで、他人名義の携帯電話をグローブボックスの中に戻した。

そのとき、同じスポーツクラブでスカッシュをしている田所淳の姿が脳裏に浮かんで消えた。滝沢の幼友達の法務省元事務次官が石橋や長友と繋がっているとは考えにくい。三人は、たまたま同じスポーツクラブの会員だったのだろう。

多門は一服してから、チコに電話をかけた。ツーコールで、電話は繋がった。

「あら、クマさん。急にあたしとメイクラブしたくなっちゃった？」

「くだらねえことを言ってねえで、ちょっとおれに協力してくれねえか」

「何をすればいいの？」

「かつて東西大学で准教授をやってた長友宗輔が四人の仲間と一緒に善玉ハッカーとして社会の暗部を鋭く抉ってたことを知ってるか？」

「知ってるも何も、あたし、長友先生にシンパシーを感じてたのよ。『未来』のボランティアに本気でなろうと思ったこともあるの」

「へえ。『未来』の連絡先を調べて電話してみたんだが、通じなかったんだ」

「元准教授は八ヶ岳連峰の赤岳の麓にある元リゾートホテルを一棟そっくり買い取って、コミューンを造ったみたいよ」

「元リゾートホテルの規模がわからねえけど、どうやって購入資金を工面したんだろう。悪玉ハッカーとして、大企業や政治家たちの弱みにつけ込んで、大口の寄付をせがんだのかもしれねえな」

「大学教員だった方が、まさかそんな悪さはしないでしょ？」

「わからねえぞ。たいていの人間は正と邪を併せ持ってる。長友宗輔が一連の無法者狩りの主犯格かもしれねえ」

「えっ、嘘でしょ⁉」

チコが声を裏返らせた。

「長友は、汚れ役を務めた半グレ集団のリーダーだった石橋を誰かに始末させたかもしれねえんだよ。おいしい話で石橋を釣って、さんざん利用してからな。それから、もしかしたら、滝沢さんに刺客を差し向けたのも長友かもしれねえんだ」

「クマさん、待ってよ。滝沢さんを第三者に殺らせたのは、石橋臭かったんじゃなかった？」

「石橋がおれに言った話は作り話なんだろう。背後にいる長友が怪しまれないようにしたかったんだろうよ。甘い野郎だ。石橋は長友に上手に利用されて見捨てられたにちがいない。そうとしか思えねえ」

「そうだとしたら、元大学准教授は冷血そのものね」

「ああ、その通りだな。だから、おれは長友を追い込みたいんだよ。チコ、長友に関する情報を集めてくれねえか」

「わかったわ。何かわかったら、すぐクマさんに連絡する」

「頼むぜ」

多門は通話を切り上げた。

ロングピースをゆったりと喫っていると、元刑事の杉浦から電話があった。長友の周辺を洗ってもらっていたのだ。多門は手早くスピーカー設定にした。

「クマ、面白いことがわかったぜ。元大学教員の長友は、ライバル准教授の仕組んだセクハラ騒ぎで教授に昇格できなかったんだよ」

「学者の世界も汚ないんだろう」

「そうなんだろう。で、長友は非営利団体の『未来』を立ち上げ、反主流派の准教授、講師などと善玉ハッカーとして腐敗しきった社会の膿を出そうとした。当然のことながら、考え方の違う連中には圧力をかけられ、寄付金も次第に集まらなくなった。背に腹は替えられないんで……」

「長友は悪玉ハッカーに転じて、サイバー攻撃で荒稼ぎするようになったわけか。しかし、金儲けだけで人生を終えるのは虚しい。そんな思いが募って、長友は裏社会の新支配者になる気になったのか。振り幅が大きいが、未知の世界は人間を大きく惹きつけるんじゃないか。そんなことで、前科者、犯罪予備軍を抹殺することにしたんだろうな。無法者たちを排除しなければ、新帝王になれないからさ」

「学者がそれだけのことで、生き方を百八十度変える気になるか。おれは素朴な疑問を抱いたんで、長友の血縁者のことを調べてみたんだよ。二つ下の弟は居酒屋の客同士の喧嘩の仲裁に入って、片方の酔っ払い二人に代わる代わるに殴打され、命を落とした」

「それだから、犯罪者を異常なほど憎むようになったんだろう」

「ああ、多分な。ついでに瀬戸奈穂の親族のことも調べてみたよ。奈穂の母親は押し込み強盗にバールで強く叩かれ、右目を失ってしまったんだ。さらに三つ下の妹は半グレに体を穢された上に錠剤型覚醒剤を無理矢理服まされて、ショック死してる」

「そんなひどい目に遭ってたのか。大切な家族が犯罪被害者になったら、法を無視してるアウトローどもを皆殺しにしたくなるだろうな」

「そういう気持ちになるかもしれない。長友宗輔と瀬戸奈穂には共通点があったわけだ。二人に面識があるかどうか不明だが、何か接点があったら、一連の事件に関与してるとも考えられるんじゃねえか。クマ、どう思う？」

　杉浦が訊いた。

「滝沢さんの秘書だった女性がクレージーな事件に絡んでるとは思いたくないが……」

「不審な点もある？」

「そうなんだ」

　多門は、奈穂の怪しい点をつぶさに語った。

「クマの動きを探ってるようだったこともそうだが、急に会社を辞めたことも引っかかるな。瀬戸奈穂は犯行グループの内通者であることがバレそうなんで、慌てて逃亡する気になったんじゃねえのか」

「考えられるね。石橋の通夜がきょう目黒駅近くのセレモニーホールで営まれるらしいんだが、弔問客をチェックしてみようと思ってるんだ。長友と石橋に接点があるとしたら、元大学教員は通夜の席に顔を出すだろう」

「クマ、何かあったら、すぐ助けに行くよ」

杉浦が電話を切った。

多門はどこかで腹ごしらえをして、ＪＲ目黒駅近くにあるセレモニーホールに向かうことにした。目的のセレモニーホールは目黒川の畔にあった。

多門は変装用の黒縁眼鏡をかけてから、セレモニーホールに足を踏み入れた。スマートフォンをマナーモードにしてから、受付に歩み寄る。

石橋家の通夜は三階の小ホールで六時から開始されるという。まだ時間がある。多門は小ホールを見通せる円形のソファに腰かけた。エレベーターに近い場所だった。

懐でスマートフォンが震動したのは午後六時数分前だ。発信者はチコだった。

多門はソファから立ち上がり、さりげなく物陰に移った。

「クマさん、遅くなってごめんんね。知り合いのＩＴエンジニア三人に電話してみたんだけど、有力な手がかりは得られなかったのよ」

「そうなのか」

「がっかりした声を出さないで。あたしさ、警視庁公安部第三課のシステムに潜り込んだの」

「そんなことをしたら、危(ヤバ)いじゃねえか」

「心配ないわ。あたし、遠隔操作で裏技を駆使したの」

「チコ、いつから悪玉(ブラック)ハッカーになったんだよ」

「人聞きの悪いことを言わないで。クマさんの役に立ちたくて、ちょっと善玉(ホワイト)ハッカーの真似をしただけ」

「ま、いいや。公安三課といったら、右翼団体担当だな」

　多門は確認した。

「うん、そう。元大学教員が立ち上げた『未来』は、民間治安部隊の司令機関と見てるようよ。早い話、私設処刑チームとしてマークされてるみたいなの」

「公安三課は長友宗輔が一連の無法者(アウトロー)狩りの首謀者と見てるのか？」

「断定はしてないけど、かなり怪しんでるみたいよ。八ヶ岳にある元リゾートホテル周辺でよく張り込んで、元自衛官や傭兵崩れが住みついてることを確認済みのようだから。個室を与えられた爆破事件の実行犯たちは甲府(こうふ)から高級デリヘル嬢を呼んで、性欲を充(み)たしてることも調べ上げたみたい。アジトの地下駐車場の半分は射撃訓練場に改修されて、その奥には各種の拳銃だけでなく、軍用ライフルのM4カービン、M16A1(ワン)、スナイパーライフルのSR-25、ドイツ製の短機関銃(サブマシンガン)のH&K(ヘッケラーコッホ)・MP5、イタリア製のショットガンのベネリM4、新型サブマシンガンのクリスヴェクターなんかが隠されてるようよ」

「ロケット・ランチャーは？」

「数種のロケット砲、それからジャベリン、スティンガー、攻撃型ドローンのスイッチブレードも隠されてると見てるみたいね」

「そこまで調べ上げてるのに、なぜ警察は動こうとしねえのか」

「武装集団の凶行は許せないと思いつつも、警察にはメリットがあるでしょ？　テロリストたちがヤー公たち無法者、犯罪予備軍を抹殺してくれれば、日本の治安はよくなるわよね。警察の職務は軽くなるわけだから、積極的に一斉検挙はやらないんじゃない？」

「チコの読みにケチをつける気はねえが、長友宗輔のバックには、ある程度の権力を握った奴がいそうなんだ。そいつは警察や検察に圧力をかけられる人間なんじゃねえか」

「それだから、長友たち元学者と実行犯グループはまだ検挙(アゲ)られてない？」

「そう疑いたくなるよな。それで、敵のアジトの所在地は？」

「山梨(やまなし)県北杜(ほくと)市よ。長友は週に一度は元リゾートホテルを訪ねて、実行犯たちを犒(ねぎら)ってるみたいよ」

「あっ、そうだわ。長友は、四億円の価値のある元リゾートホテルをたったの一億円で買い取ったの。まだ築五年未満の物件よ。元大学教員は前オーナーの致命的な弱みを摑んで、超安値でアジトを手に入れたんじゃない？」

「そうなんだろうな」

「クマさん、クレージーな集団はすごく手強いと思う。だから……」

「もう手を引いたほうがいいだろうってか。そうはいかねえよ。ミスリードに引っかかって滝沢さんに刺客を差し向けたのは石橋翼と思い込んでしまったが、誰かを庇う目的で犯人っぽく振る舞ってただけなんだろうと疑念が膨らんだ。石橋は狂言で、てめえが怪しまれることを避けたかったんだろう。あの男は黒幕に操られてたにちがいねえよ」

「『無敵同盟』の石橋は、なぜ長友を庇ってたわけ？」

「長友に貸しをつくっておいて、空白化した闇社会の新しい支配者になりたかったんだろうな。しかし、元大学教員のほうが一枚上手だった。石橋をさんざん利用し、捨て駒にした。石橋を射殺した実行犯は、おそらく長友に雇われた傭兵崩れなんだろう」

「ばかだわ、石橋は」

チコが呟いた。

多門はスマートフォンを懐に戻し、また円形ソファに坐った。ちらほら弔い客が小ホールに入っていく。多門はまだ小ホールを覗いていない。おそらく祭壇の前には石橋の柩（ひつぎ）が置かれ、近親者が悲しみに打ちひしがれているのだろう。

　数分後、多門の目の前を四十代と思われる男が通り過ぎた。知的な顔立ちだった。柑橘（かんきつ）系の整髪料を漂（ただよ）わせている。

　長友宗輔ではないか。多門は黒いフォーマルスーツをまとった男の動きを目で追った。気になる人物は受付で記帳を済ませると、小ホールに足を向けた。多門は円形ソファから立ち上がり、受付に急いだ。

　芳名帳に視線をやると、筆ペンで長友宗輔と記（しる）してあった。達筆だった。

　多門はごく自然に小ホールに向かった。

　長友は焼香台の前に立ち、合掌（がっしょう）中だった。両手を離すと、彼は故人の妻らしき女性に短い言葉をかけた。一分足らずで、踵（きびす）を返す。多門は小ホールから離れた。

　長友が小ホールから出てきて、エレベーターに乗り込んだ。多門は函（ケージ）が閉まる寸前に同じエレベーターに飛び乗った。

　長友が地下一階のボタンを押し、多門に問いかけてきた。

「何階まででしょう?」

「一階です。お手数をかけます」

　多門は礼を言って、軽く頭を下げた。長友が一階のボタンを押す。

函(ケージ)が下降しはじめた。

多門は一階で函(ケージ)から出た。急ぎ足でセレモニーホールから離れる。多門は路上に駐めたボルボXC40の運転席に入って、セレモニーホールの地下駐車場に目をやった。待つほどもなく、黒いBMWの7シリーズがスロープを登ってきた。ハンドルを操っているのは長友だった。黒いネクタイは外されている。

多門は慎重にBMWを尾行した。ドイツ車は権之助坂(ごんのすけざか)を登り切り、白金(しろかね)方面に進んだ。滝沢の自宅マンションの床下収納庫から現金一億円を盗み出したのは、長友と思われる。元大学教員を手引きしたのは瀬戸奈穂だろう。『三田レジデンス』の八〇八号室のドア・ロックを解(と)いたのは長友だったのではないか。滝沢が石橋から一億円を脅し取ったと小細工を弄(ろう)したのは、捜査当局の目を逸(そ)らしたかったからにちがいない。長友と奈穂の二人は、大切な血縁者を犯罪で喪(うしな)っている。そうした共通点から二人は急速に距離を縮め、親密な関係になったのではないか。

どちらも犯罪者を憎んでいたはずだ。巨額詐欺で服役しながらも、犯罪者更生施設を立ち上げた滝沢を狡(ずる)い偽善者と感じていたのだろう。

そういう考えが強まり、長友は誰かに石橋を操らせて、滝沢をレンタルルームで刺殺させたのだろうか。石橋の話は、何もかも嘘だったと考えるべきだろう。瀬戸奈穂は滝沢の秘書になって、長友に逐一(ちくいち)、情報を流していたと疑える。

惹かれた男のために、奈穂は汚れ役を引き受けることを少しも厭わなかったのではないか。その女心が哀しい。

多門は奈穂に裏切られた形だが、それほど怒りは感じなかった。むしろ、奈穂が男に翻弄されたことに同情さえ覚えている。

マークしたBMWは、白金台の老舗ホテルの駐車場に入った。多門は少し離れたカースペースにボルボを停めた。

車を降りた長友はホテルのエントランスロビーの左手にあるカフェレストランに入っていった。多門は視線を延ばした。奥のテーブル席には、薄茶のサングラスをかけた瀬戸奈穂が坐っている。

長友は会釈しながら、奈穂の前に腰かけた。

何かを報告している様子だ。二人の間に親密なムードは漂っていない。いったいどういう関係なのか。カフェレストランは、あまり広くない。入るわけにはいかなかった。

多門はロビーの隅のソファに腰かけ、備え付けの夕刊を読む振りをした。

二人がカフェレストランから出てきたのは数十分後だった。長友はエントランスロビーを横切り、ホテルの専用駐車場に向かった。

多門は短く迷ったが、エレベーターホールに向かった奈穂を追った。彼女は老舗ホテルに宿泊しているようだ。

多門はエレベーター乗り場の手前で立ち止まった。

奈穂は最上階の九階まで上がった。数分経(た)ってから、多門は函(ケージ)に乗り込んだ。ほどなく九階に達した。通路の奥まで歩き、各室のドアを見る。奈穂は何号室にいるのか。

十数分過ぎたころ、エレベーターの扉が開く音がかすかに聞こえた。

多門は壁にへばりつき、顔を半分だけ突き出した。エレベーターホールから歩いてくるのは田所淳ではないか。滝沢の幼友達の元キャリア官僚だ。いまは特殊法人に天下(あまくだ)っている。

田所は九〇五号室の前に足を止め、ドアを小さくノックした。

ややあって、ドアが開けられた。奈穂の横顔が見えた。田所が奈穂をハグして、室内に入った。

多門は意外な展開になったことに驚いた。瀬戸奈穂をスパイとして滝沢の許(もと)に送り込んだのは長友ではなく、田所だったのかもしれない。

思い返してみると、滝沢の柩を抱いて号泣した田所の行動はわざとらしかった。田所は幼友達の理解者の振りをしていたが、前科者や犯罪予備軍を憎んでいたのではないか。

そうなら、元キャリア官僚の身内の者が犯罪の被害者になってしまったのだろう。一連の爆破事件の首謀者は長友ではなく、田所と思われる。長友は無法者撲滅の軍資金をハッキングテクニックを駆使して、捻出(ねんしゅつ)していたのではないか。そして、ゆくゆくは裏社会の新支配者に収まる気なのだろう。

多門はあたりに人影がないことを確かめてから、上着の内ポケットから最新型の〝コンクリート・マイク〟を取り出した。高性能な集音マイクは、小型自動録音機と繋(つな)がっている。

多門は片方の耳にイヤフォンを嵌(は)め、九〇五号室のドアに吸盤型のマイクを押し当てた。厚さ五メートルのコンクリートの壁の向こうの音声や物音を鮮明に拾ってくれる。

多門は耳をそばだてた。

エピローグ

会話は筒抜けだった。

物音や気配も伝わってくる。多門は、ほくそ笑んだ。

田所と奈穂はベッドルームに接している控えの間のソファに腰かけて、話し込んでいる。

――人生には何があるかわからないもんだね。奈穂も、そう思うだろう？

――ええ。母と妹が犯罪の被害者になっていなかったら、罪を犯した者をいまみたいに強く憎まなかったでしょう。

――わたしだって、同じだよ。ひとり息子が一浪中に無差別殺人事件で命を落としていなかったら、犯罪者たちを目の仇にしてなかったと思う。

――そうでしょうね。亡くなった息子さんの後を追って服毒自殺を図った奥さまは一命は取り留めたものの、精神のバランスを崩されてしまったのよね。

――そうなんだ。総合病院の心療内科に入院したんだが、いっこうによくならなかった。それどころか、メンタルはさらにおかしくなった。死んだ息子のことを思い出すたびに、妻はわたしを烈しく責めた。父親が車で倅を予備校に迎えに行っていれば、無差別殺人事件の犠牲にはならなかったはずだとね。

――いまも、それは変わらないんでしょう？

――そうなんだ。妻に詰られるたびに、心の中では理不尽だと思う。しかし、妻の怒りや辛さを考えると、何も言い返せなくてね。ただ、わたしは耐えてる。

――でしょうね。

――わたしは身勝手な動機で罪を犯した人間を憎み、強く軽蔑するようになった。やくざや前科者には生きるだけの価値も資格もない。そう思うようになったんだよ。

――事実、その通りだわ。稀に更生する前科者はいるけど、そうした人も、いつ再犯者になるかもしれない。

――そうだね。歴代の法務大臣はだいたい死刑執行命令を出したがらない。死刑が確定した囚人が百人前後、拘置所にいるなんて先進国では日本だけだ。逆に言えば、殺人者には天国みたいな国なんじゃないか。

――ええ、そうよね。

――ほとんどの前科者は真人間になれないんだから、まさに社会の害虫だよ。誰かが害虫を駆除しなければならない。そうしないと、この国は腐り切ったまま滅びるだろう。

——わたしも、そう思うわ。キャリア官僚の大半が自分の出世のことしか頭にない。でも、あなたは国の将来を真剣に考えている。真のエリートだとリスペクトしているの。

——そこまで持ち上げられると、面映ゆいね。わたしは息子が犯罪被害者になったことで、事件加害者を甘やかしている連中に怒りを覚えるようになった。犯罪加害者の支援をしている奴らを抹殺したいと思うようにもなったんだ。特に滝沢修司のような人間は軽蔑したくなるね。巨額詐欺で服役したくせに、しれーっと『雑草塾』を立ち上げた。犯歴のある男女に仕事を与えて更生させることを免罪符にしたいんだろうが、姑息で狡いよ。滝沢に前科者を更生させるだけの資格なんかないっ。

——その通りね。

——いつか滝沢をこの世から消したいと考えていたんだが、害虫駆除が終わるまでは失敗は許されない。幼友達を葬ることは冷酷と思われるだろうが、仕方ないことなんだ。それで、わたしは奈穂を滝沢の許に送り込んで、抹殺のチャンスをうかがってたんだよ。

——あなたとわたしが警察や滝沢側に怪しまれることは回避しなければならなかっ

た。それだから、いずれ日本の裏社会を支配したがってた半グレの石橋翼を抱き込んで、滝沢殺しに関与してるように振る舞わせた。陽動作戦ね、一種の。

――石橋もそうだが、奈穂もいい芝居をしてくれたよ。しかし、石橋は信用できなかった。だから、長友君に指示してSP崩れの竹中等、四十一歳に石橋を始末させたんだよ。

――長友さんの報告によると、その竹中はインドネシアに密入国したらしいわ。

――そうみたいだね。軍事訓練を受けたことのある白人男性を極東マフィアの一員に化けさせたんだが、あれは失敗だったたな。

――極東マフィアが北信会と癒着してることを事前に知っていれば、偽装作戦は中止したでしょうけどね。

――小さな失敗は気にすることないよ。長友君が率いてる『未来』が大企業、財界人、各界の名士のシステムに侵入して、犯罪やスキャンダルの証拠を押さえてくれた。それで、犯罪者狩りの軍資金を七百数十億円も調達できた。

――長友さんたち五人のハッキングテクニックのおかげよね。『未来』のメンバーと元傭兵たち実行犯にも感謝しないと……。

――連続爆破の実行犯たちは近々、いったん解雇するつもりなんだ。どのメンバーにも一千万円の慰労金を渡してね。長友君には、そうするよう指示してある。

——そうしたほうがいいと思うわ。滝沢修司を道玄坂のレンタルルームで刺し殺した元自衛官の市倉亮平は高飛びしたんでしょ、フィリピンのセブ島に？

——そうなんだが、長友君が大事を取ったほうがいいと言ったので、現地の殺し屋に市倉を消させたんだ。

——えっ、そうなの⁉

——奈穂、府中刑務所で滝沢と一緒だった多門剛はきみが仕事とボランティア活動を急にやめたことを怪しんでる様子だったんだろう？

——それは間違いないでしょうけど、まさかあなたやわたしが一連の事件に関与してるとは……。

——そこまでは疑ってないんじゃないか。

——ええ、多分ね。滝沢修司は石橋の裏ビジネスのことを調べているうちに、長友さんと繋がりがあると睨んだかもしれないけど、犯罪者狩りの軍資金のことまでは具体的には調べ上げてないでしょう。

——だと思うよ。長友君たちがハッキングで軍資金を集めてるという確証は得てないはずだが、状況証拠から疑ってただろうな。だから、わたしは長友君に幼友達の滝沢修司を……。

——亡き者にしてほしいと指示したのね？

――そうなんだ。レストランバーに行くには、ちょっと時間が早いな。先にシャワーを浴びてるから、後からバスルームにおいで。

――ええ、わかったわ。

二人の会話が熄んだ。

田所が立ち上がって、バスルームに向かう気配が伝わってきた。多門は最新型の〝コンクリート・マイク〟を上着の内ポケットに戻した。そのとき、部屋に押し入ることも一瞬頭に浮かんだ。しかし、二人にとって最後の秘め事になるかもしれない。

「野暮なことはやめよう」

多門は声に出して呟き、九〇五号室から離れた。エレベーターで一階に下り、自分のボルボの運転席に腰を沈める。

紫煙をくゆらせていると、杉浦から電話がかかってきた。

「八ヶ岳連峰の赤岳の麓にある敵のアジトに攻撃型ドローンのスイッチブレードが二機も突っ込んだ。建物は爆破されて、元傭兵たちも爆死したよ」

「そう。おそらく長友のハッカー仲間が一連の事件の実行犯どもの口を封じたんだと思うよ」

多門はそう前置きして、経緯を喋った。それから、盗聴した録音音声を杉浦に聴かせた。

「田所のひとり息子も、無差別殺人の犠牲者だったのか。瀬戸奈穂、長友の近親者が犯罪の被害者になってる。犯罪者の更生に力を注いでた滝沢のことを三人は強く憎んでたんだろうな」

「そうにちがいないよ」

「クマ、田所たち二人がいるのは白金台のホテルの何号室なんだ？」

「九〇五号室なんだが、石橋から奪ったサイレンサーピストルがあるから、助っ人はいらないよ」

「情事は一時間以上はつづくだろうな。クマ、田所と奈穂を弾除けにして、長友をホテルに呼び寄せるつもりだな？」

「うん、まあ」

「三人をどうするつもりなんだ？」

「奈穂がスパイだったことは間違いないんだが、殺人や脅迫には関わってない。だから、奈穂は警察に突き出したくないんだよ」

「相変わらず女には甘えな。好きにしな。何かあったら、電話してくれ」

杉浦がそう言い、通話を切り上げた。

多門はスマートフォンを上着の内ポケットに突っ込むと、ラジオの電源スイッチを入れた。ちょうど八ヶ岳連峰の赤岳の麓にある犯行グループのアジトが攻撃型ドローンによって爆破されたニュースが報じられていた。泊まり込んでいた傭兵崩れの大多数が死亡したようだ。重軽傷者の数は、まだ把握されていないという。

多門はさらに四十分ほど経ってから、グローブボックスからロシア製のサイレンサーピストルを摑み出した。マカロフPbを腰の後ろに差し入れ、静かにボルボを出る。

多門は老舗ホテルの館内に足を踏み入れ、エレベーターで九階に上がった。

エレベーターホールにも歩廊にも人の姿は見当たらない。多門は自然な足取りで、九〇五号室に接近した。あたりに柑橘系の整髪料の香りが漂っている。部屋の中に長友がいるのか。

多門はドアのノブに軽く触れた。ロックされていない。多門はマカロフPbをベルトの下から引き抜き、ドアを静かに半分ほど開けた。控えの間は無人だった。

多門はサイレンサーピストルを構えながら、寝室の前まで進んだ。

全裸の男女が重なっている。田所と奈穂だった。どちらも頭部を撃ち抜かれていた。二人とも身じろぎ一つしない。すでに息絶えているのだろう。

「長友、出てこい！」

多門は拳銃のスライドを引き、大声を張り上げた。

次の瞬間、ベッドサイドテーブルの向こうに隠れていた長友が立ち上がった。銃口に消音器を装着したUSソーコムMk23を両手で保持している。

アメリカの特殊部隊が制式採用したヘッケラー&コッホ社製の高性能拳銃だ。四十五口径で、装弾数は十二発である。

「てめえがこの部屋に忍び込んで、情事に耽ってた田所淳と瀬戸奈穂を射殺したんだなっ」

多門はサイレンサーピストルの銃口を長友に向けた。

「そうだよ。いつまでもアンダーボスに甘んじてたら、この国の裏社会の帝王にはなれないからな」

「元大学教員も開き直って生きることにしたわけか」

「そうだ。文句あるか。滝沢修司はわたしが四人の仲間と一緒にハッキングで荒稼ぎして、前科者狩りの軍資金にしてることを嗅ぎつけた。それだから、石橋の犯行に見せかけて元自衛官の市倉亮平に滝沢を片づけさせたんだよ」

「石橋が滝沢さんに弱みを握られ、一億円の口止め料をせしめられたというのはまったくの作り話なんだな。石橋の娘が誘拐されたという話も……」

「その通りだ。狂言だよ。石橋は裏社会の新しい支配者になれるかもしれないという期待を膨らませ、積極的に協力してくれた。一億円の現金はわたしが用意して、後で回収したんだ」

「金の回収には瀬戸奈穂も協力したんだな。てめえが滝沢修司の自宅マンションにこっそり入ったことは、整髪料でわかったんだよ。岩渕専務は鼻が利くんだ。奈穂も急に化粧水を変えたんで、専務は訝しく思った。それで、そっちと奈穂が一億円の現金を『三田レジデンス』から持ち出したことがわかったのさ」

「そんなことはどうでもいい。どっちみち、おたくはここで死ぬことになるんだから」

長友が余裕たっぷりに言った。

多門は不敵な笑みを浮かべ、左手で懐から高性能マイク付きの小型録音機を掴み出した。すぐに再生ボタンを押す。田所と奈穂の遣り取りが流れはじめた。

みるみる長友が蒼ざめた。ソーコムＭｋ23を持つ手が震えている。

「この音声はダビングして、ある人物に預けてある」

「本当なのか⁉」

「もちろんだ」

多門は大きくうなずいた。長友が拳銃を握る手を下げた。

「その音声データを一億で売ってくれないか。いや、三億円出そう」

「銭は嫌いじゃねえが、大量殺人をやらかした奴に買収されるのは……」

「わかった、五億用意するよ。それで手を打ってくれないか」

「おめ、このおれさ、なめてんのけ？」

「急に東北弁なんか使いはじめて、どういうつもりなんだ⁉」

「おれは興奮すると、生まれ育った岩手弁が出ちまうんだ。方言使って、何が悪いんだっ。言ってみれ。言うべし！」

「十億欲しいってことか？」

長友が問いかけた。

「わがってねえな。おめは、もう出頭するほかねえんだ。十万人前後の人間を白人の男たちや日本人の傭兵崩れに殺害させたんだがら、死刑は免れねえべ」

「頼むから、わたしを逃がしてくれないか」

「それはでぎねえ」

多門は言うなり、一発撃った。わざと標的を外した。放った九ミリ弾は壁板を貫き、コンクリートを抉(えぐ)った。

「くそっ」

長友がソーコムＭｋ23の銃把(グリップ)を両手で保持して、反撃してきた。

多門は身を伏せた。銃弾は斜め後ろの壁にめり込んだ。多門は前に跳(と)んで、長友の股間を蹴(け)り上げた。

長友が唸(うな)って、体を縮める。多門は床に落ちたソーコムＭｋ23を拾い上げ、迷わず長友の右の太腿に弾頭を沈めた。長友が歯を剝(む)いて唸(うな)り声を上げた。

「観念しなかったら、残弾をそっくり撃ち込むぞ」

多門はソーコムMk23に付着した指紋と掌紋を神経質に拭ってから、長友の近くに置いた。長友は唸るだけで、何も言わない。

多門は、マカロフPbの銃口を長友の前頭部に向けた。そのとき、長友がソーコムMk23を両手で拾い上げた。次の瞬間、サイレンサーを深くくわえ込み、右手の指で引き金を一気に絞った。

長友の口の中でかすかな発射音がして、弾頭が脳天近くから抜けた。元大学准教授は目を大きく見開いたまま、息絶えていた。卑怯な逃げ方をされて、多門は腹立たしかった。自分の手で、長友を葬るつもりだった。忌々しいが、もはやどうすることもできない。

触れた箇所の指掌紋を消してから、多門は何事もなかったような顔で九〇五号室を出た。

奈穂を田所から切り離してやれなかったのが残念だ。無力な自分を呪う。しかし、もう手遅れだ。悔んでも仕方がない。

多門は気を取り直し、大股で歩きはじめた。

この作品は書下ろしです。また、フィクションであり、登場する人物および団体名は、実在するものといっさい関係ありません。

一〇〇字書評

切り取り線

購買動機（新聞、雑誌名を記入するか、あるいは○をつけてください）	
□（　　　　　　　　　　　　　）の広告を見て	
□（　　　　　　　　　　　　　）の書評を見て	
□ 知人のすすめで	□ タイトルに惹かれて
□ カバーが良かったから	□ 内容が面白そうだから
□ 好きな作家だから	□ 好きな分野の本だから

・最近、最も感銘を受けた作品名をお書き下さい

・あなたのお好きな作家名をお書き下さい

・その他、ご要望がありましたらお書き下さい

住所	〒				
氏名		職業		年齢	
Eメール	※携帯には配信できません	新刊情報等のメール配信を 希望する・しない			

この本の感想を、編集部までお寄せいただけたらありがたく存じます。今後の企画の参考にさせていただきます。Eメールでも結構です。

いただいた「一〇〇字書評」は、新聞・雑誌等に紹介させていただくことがあります。その場合はお礼として特製図書カードを差し上げます。

前ページの原稿用紙に書評をお書きの上、切り取り、左記までお送り下さい。宛先の住所は不要です。

なお、ご記入いただいたお名前、ご住所等は、書評紹介の事前了解、謝礼のお届けのためだけに利用し、そのほかの目的のために利用することはありません。

〒一〇一－八七〇一
祥伝社文庫編集長　清水寿明
電話　〇三（三二六五）二〇八〇

祥伝社ホームページの「ブックレビュー」からも、書き込めます。
www.shodensha.co.jp/bookreview

祥伝社文庫

毒蜜(どくみつ)　牙の領分(きばのりょうぶん)

令和 5 年 3 月 20 日　初版第 1 刷発行

著　者　南　英男(みなみひでお)

発行者　辻　浩明

発行所　祥伝社(しょうでんしゃ)

東京都千代田区神田神保町 3-3

〒101-8701

電話　03（3265）2081（販売部）

電話　03（3265）2080（編集部）

電話　03（3265）3622（業務部）

www.shodensha.co.jp

印刷所　堀内印刷

製本所　ナショナル製本

カバーフォーマットデザイン　芥　陽子

Printed in Japan ©2023, Hideo Minami　ISBN978-4-396-34875-5 C0193